Alessandro Lo Curto

SALTO TRIPLO

Un colpo formidabile

Copyright © 2024 Alessandro Lo Curto

Tutti i diritti sono riservati. Nessuna parte del libro può essere riprodotta, distribuita o trasmessa mediante qualsiasi piattaforma tecnologica, supporto o rete telematica/cartacea, senza previa autorizzazione scritta da parte dell'autore, salvo astrazione di stralci per la redazione di recensioni.

Per richieste di autorizzazione, informazioni o per compilare un questionario migliorativo, contattare l'autore attraverso uno dei seguenti canali:
Email: autoreloc@gmail.com
Web: www.alokkino.wixsite.com/locsbooks
Facebook: www.facebook.com/authorLoc

1ª edizione
ISBN 979-83-23182-84-8

In copertina: lago di Bracciano (fotografia di A. Lo Curto)

Coloro che hanno molto sono spesso avidi.

(Oscar Wilde)

A Giovi, amica di sempre

IL GATTO

IN UNA VILLA SUL LAGO DI COMO,
10 GENNAIO (QUESTA NOTTE)

"Ricapitoliamo: geometra, lei ha ottenuto le planimetrie depositate al catasto e le ha confrontate con quelle degli archivi al Comune, corretto?"

Il geometra annuisce e tiene a precisare:

"Le ho qui disponibili, se occorressero a qualcuno. Mi sono anche personalmente recato nella ditta che ha recentemente compiuto alcuni interventi di manutenzione nei locali e le ho confrontate con quelle utilizzate per i lavori: corrispondono perfettamente".

L'ingegnere riprende la parola e si rivolge all'elettricista:

"Per gli impianti elettrici ha fatto qualche passo avanti?"

"Sono riuscito a recuperare gli schemi come risultano dalla certificazione energetica ma, come ho più volte affermato, occorre fare un sopralluogo per verificare la posizione precisa dei sensori del sistema di allarme e delle scatole di derivazione".

In modo perentorio l'ingegnere ribadisce:

"E come ben sa dalle mie precedenti risposte, il sopralluogo non è previsto da contratto!"

L'architetto prova a tendere figurativamente una mano all'elettricista, ipotizzando:

"Si potrebbe interpellare la stessa ditta cui si è rivolto il geometra per ottenere informazioni precise".

A stroncare sul nascere il suggerimento interviene il notaio:

"Si dà il caso che la medesima scrittura privata, citata erroneamente dall'ingegnere come contratto, non prevede che più di una persona entri in contatto diretto con terzi".

L'architetto insiste affermando:

"Conosco bene quanto abbiamo firmato e, dal mio punto di vista, ritengo che conoscere l'esatta struttura elettrica dei locali sia un fattore rilevante. Nel rispetto di quanto siglato nell'accordo, senza quindi che l'elettricista si rechi nella ditta, quanto intendevo dire era principalmente rivolto al geometra".

Guardando quest'ultimo, aggiunge:

"È lei che potrebbe tornare da chi ha eseguito i lavori di ristrutturazione per ottenere le conferme cercate dall'elettricista".

Il notaio, assumendo un'espressione sorridente, afferma:

"In tal caso, non vedo alcuna anomalia rispetto al contratto".

Chiamato in causa, il geometra risponde:

"A parte il fatto che non sono esperto né di impianti, né di schemi elettrici, non credo proprio che quella ditta ne possieda, perché si occupa della vendita di pavimenti e non fa alcun genere di opere murarie".

Mentre l'architetto e l'elettricista avviano una conversazione squisitamente tecnica per cercare una soluzione, gli altri cinque che, fino ad ora, sono rimasti comodamente seduti sui due divani d'epoca, si alzano per andare a riempire nuovamente i bicchieri con l'ottimo cognac d'annata messo a disposizione dall'ingegnere. Quest'ultimo approfitta dell'ennesima pausa per uscire sulla terrazza a fumare un sigaro, nonostante la temperatura esterna sia di qualche grado sotto lo zero. Prima di aprire la finestra, si rivolge al notaio e domanda:

"Vuole farmi compagnia?"

"No, ho smesso di fumare un paio di mesi fa. Non mi tenti, per favore".

"Buon per lei: il mio è un vizio al quale non ho intenzione di rinunciare. Del resto, non fumo nemmeno tanto e se facesse sempre così freddo, fumerei anche meno: non è affatto piacevole rimanere all'aperto con queste temperature proibitive".

"La rigidità del clima non ha mai rappresentato un impedimento per me poiché fumavo tranquillamente rimanendo dentro casa al caldo. Ho smesso dopo aver fatto una radiografia di controllo: il medico, vedendo una macchia al polmone sinistro, mi ha fatto prendere un colpo! Per fortuna si trattava solo di una specie di cicatrice che risaliva a una polmonite avuta in età giovanile. Però mi è bastato per convincermi di smettere: fumavo quasi due pacchetti al giorno e, per ora, sto riuscendo a resistere".

"Complimenti. Tenga duro".

L'ingegnere si volta, ruota la maniglia della finestra accostandola poi alle proprie spalle. La terrazza si affaccia sull'immenso giardino che circonda l'intera villa ed è, ovviamente, rivolta sul lago. Sulla sponda opposta si vedono le luci di Varenna che si specchiano tremolanti sulla superficie lacustre, completamente piatta poiché l'aria è immobile. Più a sinistra, il chiarore luminoso di Bellagio si riflette sulla base della copertura nuvolosa che nasconde totalmente le stelle e il profilo del paesaggio, altrimenti delineato dai rilievi montuosi.

Intirizzito dall'umidità penetrante unita al freddo pungente, spegne il sigaro e rientra nel salotto. Raccoglie con un colpo d'occhio l'attenzione degli altri quattro professionisti, cui, nel frattempo, si sono uniti l'elettricista e l'architetto, anche loro adesso con i bicchieri mezzi pieni di cognac. Quando tutti tornano ad accomodarsi sui divani, l'ingegnere esordisce domandando:

"Avvocato, come procede la trattativa?"

"Entro la prossima settimana dovrei ricevere una risposta all'ultima proposta che ho fatto. Mi aspetto qualche lieve ritocco al rialzo del canone di locazione, ma nessuna sostanziale modifica al resto".

"Ottimo. Prima, il qui presente architetto mi ha riferito che il parco macchine è quasi al completo e per ogni mezzo ha individuato il possibile conducente. Il nostro commercialista potrebbe confermare di aver già preso contatti con chi di dovere per la transazione?"

"Sì, è predisposta. Ricordo a tutti lor signori che gli accordi prevedono che l'intero importo corrispondente, una volta trasferito, rimanga vincolato per almeno ventiquattro mesi".

L'ingegnere osserva lo sguardo del quintetto di professionisti che ha ascoltato l'affermazione del commercialista e, soddisfatto, conclude in tono perentorio:

"Deduco che siamo sempre tutti d'accordo".

Poi, rivolgendosi all'architetto, aggiunge:

"Bene. Mi sembra che l'ultimo aspetto da completare sia procurare l'abbigliamento idoneo. Stabiliremo chi se ne occuperà al nostro prossimo incontro, quando riesamineremo ogni dettaglio e le eventuali modifiche da apportare al progetto".

La riunione giunge alla sua conclusione. Prima che i sei invitati lascino l'ampio ed elegante salone in cui sono rimasti per ore, l'ingegnere afferma:

"Ci rivediamo qui cinquanta giorni prima dell'anniversario, stessa ora".

Ricevuto un piccolo coro di assenso, accompagna attraverso il giardino gli ospiti fino all'imponente cancello metallico che dà accesso alla villa prestigiosa. Le autovetture di ciascuno dei professionisti sono posteggiate lungo la strada, deserta e buia. Nei venti minuti successivi, quello che a tutti è sempre apparso come il proprietario di casa, sistema il poco disordine generato dalla riunione appena terminata, vuotando i cestini e portando i bicchieri in cucina. Poi, nonostante sia ormai notte fonda, esce, si mette al volante della propria automobile – l'ultimo modello di Alfa Romeo – e guida lungo una salita tortuosa che, in meno di dieci chilometri, copre un dislivello superiore ai cinquecento metri.

Giunto nei pressi del punto più elevato della strada principale, compie una deviazione, imboccando una via secondaria e fermandosi all'esterno di un villino. Come di consueto, infila nella cassetta delle lettere una busta contenente un messaggio precedentemente scritto:

«La villa è libera, pronta per essere sistemata e chiusa. La contatterò nello stesso modo due giorni prima di quando mi occorrerà nuovamente».

Nonostante lassù il freddo sia ancor più pungente, poiché non sopporta l'odore di fumo nell'abitacolo della propria autovettura, si poggia al cofano che emana un lieve tepore e riaccende l'ultima parte di sigaro cominciato sulla terrazza della villa. Ne dà qualche tiro finché i guanti invernali che coprono entrambe le mani non sono divenuti insufficienti a tenergliele calde.

Gettato il sigaro in un cestino rientra nel mezzo, mette in moto e si dirige verso il capoluogo meneghino per tornare alla propria dimora, a più di un'ora di distanza. Una volta rincasato, sfila i vestiti nel salotto per non disturbare Lorenza, la moglie, che sta dormendo profondamente nella camera da letto. La raggiunge e le si sdraia accanto, rimanendo però ancora sveglio per una ventina di minuti.

Si alza a metà mattina, raggiungendo la consorte in cucina per fare colazione con lei; quest'ultima, sorridente, domanda:

"Com'è andata ieri sera? Hai vinto?"

"Diciamo che non ho perso. Quand'è stato chiamato l'ultimo giro ero in negativo, ma quella mano mi ha riportato a un bilancio in pareggio".

"Non devo preoccuparmi che prima o poi ti giocherai casa e moglie, vero?"

Ridendo risponde:

"Assolutamente no. Come ti ho sempre detto, prima di cominciare a giocare a poker definiamo un *budget* e quando uno di noi lo esaurisce non può rientrare in partita. Abbiamo stabilito questa regola proprio per evitare colpi di testa".

"Sei tornato tardi: io mi sono addormentata che saranno state le due e non eri ancora arrivato".

"Sì, abbiamo giocato a lungo. Sono contento di non averti svegliata quando mi sono infilato nel letto".

"Sei sempre stato silenzioso come un gatto e te ne sono grata. Però è da un po' che questo micio non mi fa le fusa".

"Hai ragione e potrei porre rimedio anche stamattina…"

"Dici così solo perché sai benissimo che tra poco devo uscire per andare al corso".

"Non potresti perdere la lezione, per una volta?"

"E tu non avresti potuto saltare la tua partita a poker, per una volta?"

"*Touché*!"

"Ti sei proprio fatto cogliere in fallo! Comunque, sarò di ritorno prima di pranzo: se la proposta varrà ancora sarò ben lieta di farmi fare le fusa".

"Volentieri. Nel frattempo devo preparare qualcosa da mangiare?"

"No, è già tutto pronto: quando ci verrà fame basterà prendere le portate dal frigorifero e riscaldarle".

"Va bene. Vuoi che ti accompagni? Fuori fa molto freddo".

"No, grazie. Fare due passi non mi dispiace e l'aria fresca mi risveglia più del caffè".

Si baciano e, dopo che Lorenza è uscita, l'ingegnere si sistema nello studio dove tiene il computer portatile. Disabilitato il collegamento alla rete Wi-Fi di casa, inserisce una chiavetta e apre la cartella denominata *Acquisizione locale*. Sebbene abbia dormito poche ore, con la sua abituale scrupolosità riporta su un *file* l'esito della riunione della notte da poco conclusa e ogni nuovo elemento emerso dagli indispensabili interventi di ciascun partecipante. Aggiorna anche il cronoprogramma, stabilito e condiviso con tutti. Poi, preso dal cassetto un cellulare GSM, non collegabile a internet e quindi scevro dalla possibilità di essere facilmente intercettato, compone un numero con prefisso internazionale.

"Buon mattino. L'acquisizione procede come previsto".

L'interlocutore domanda:

"Cosa mi sa dire sull'attività collaterale?"

"Al momento non intravedo alcun ostacolo".

"Ottimo. Mi tenga aggiornato in caso subentri qualsiasi genere di impedimento".

"Sarà fatto".

IL FAVORE

*AD ASSO,
11 GENNAIO (MATTINA)*

A una cinquantina di chilometri dall'abitazione dell'ingegnere, l'elettricista, un venticinquenne appassionato di tecnologia elettronica, sta studiando, per l'ennesima volta, i fogli su cui sono riportati gli schemi elettrici e decide di digitalizzarli. Tuttavia, a differenza dell'ingegnere, non adotta le medesime precauzioni per evitare rischi di natura informatica, rimanendo collegato alla rete internet. Lo stesso comportamento è tenuto dall'avvocato, un quarantasettenne di vasta esperienza, mentre, al computer del suo studio, è alle prese con la cartella elettronica da lui denominata *Affare top*.

Il giovane, soddisfatto della qualità della scansione appena compiuta, accartoccia i fogli, ritenendoli ormai inutili e li lascia sulla scrivania, con l'intento di buttarli in un secondo momento, quando uscirà con la propria automobile, una Peugeot blu.

Nella stessa località del triangolo lariano, il maresciallo Tagliaferri, comandante della locale stazione dei Carabinieri, è alle prese con una piccola diatriba sorta all'interno della caserma tra i suoi subalterni, tutti di origine campana:

"*Sentite mariscià: n'è correttamente giusto che l'appuntato Rizzo si continua a fare i beati fatti sò senza faticare manco per un turno come invece facciamo noialtri!*"

A intervenire è il diretto interessato:

"*Mariscià, voi lo sapete che il mio è un bisogno temporaneo e n'aggio capito che c'azzecca con D'Angelo se i turni miei li fa o' vicebrigadiè*".

Rivolgendosi poi al collega, ribatte:

"*D'Angelo lo volissi capire o no che pure se io farei i turni miei tu i tuoi te li dovresti fare comunque?*"

"*Rizzo, lo sai bene assai che il qui presente Esposito è troppo buono assai per dirti di no. E tu te ne approfitti! Accà niscun'è fess!*"

"*Se sta buono al vicebrigadiè non capisco che c'azzecca con te: tieni qualche prubblema?*"

A questo punto prende la parola il vicebrigadiere Esposito che afferma:

"*Mariscià, se permettete il termine, a me non me ne fotte proprio se aggia sostituire a Rizzo o a D'Angelo: quando posso farlo non tengo prubblema. Basta che sono essi stessi ad accordarsi tra loro medesimi*".

Il maresciallo, che ha lasciato ognuno libero di esporre il proprio punto di vista, interviene in modo perentorio per sedare gli animi prima che si scaldino troppo, specie quelli dei due appuntati:

"Ascoltate bene: come sapete gli obblighi di servizio ci impongono di avere del personale reperibile nell'arco delle ventiquattr'ore, tutti i santi giorni della settimana. Il fatto che siamo in pochi e, per il momento, non vengano assegnate altre unità, non aiuta. L'ideale sarebbe che vi accordiate tra voi e, laddove sorgano delle incompatibilità con le esigenze personali che non riuscite a risolvere da soli, sapete che la porta del mio ufficio rimane sempre aperta. Tutto chiaro fin qui?"

I tre subalterni annuiscono.

"Bene. Appuntato D'Angelo io ho piena visibilità dei turni che svolgete tutti quanti e tengo conto di quelli fatti da ciascuno di voi. So che da qualche tempo l'appuntato Rizzo ne sta compiendo meno ed è come se fosse in debito; ovviamente, in un modo o nell'altro, li recupererà in seguito. Allo stesso tempo, il vicebrigadiere sta maturando un credito, mentre lei, D'Angelo, è in parità".

I tre carabinieri si guardano con espressioni perplesse e, poco dopo, è Rizzo a domandare:

"*Mariscià, scusate, con tutto il rispetto, credo che avete detto n'imprecisione: io n'aggio chiesto soldi in prestito a niscuno!*"

"Lei è in debito di turni non di denaro! Ne ha completati meno di quanti erano previsti. Adesso è più chiaro?"

"Precisamente".

"Il vicebrigadiere Esposito ne sta svolgendo più della propria spettanza e quindi, prima o poi, potrà recuperare prendendosi dei giorni liberi".

"*Effettivamente mi pare logico, mariscià*".

Dopo il commento del vicebrigadiere interviene D'Angelo per chiedere:

"*Mariscià, però scusate: in tutto sto ragionamento complicato assai che avete fatto, Rizzo sta ancora fuori dai turni*".

Sorridendo, Tagliaferri domanda:

"D'Angelo, secondo lei chi coprirà i turni del vicebrigadiere quando starà in licenza?"

"Rizzo?"

"Bravo! Insieme a lei".

Non ancora soddisfatto, chiede:

"*E chi sostituisce me se aggia piglià qualche giorno libero?*"

"Il vicebrigadiere Esposito. E se uno di voi tre non è disponibile, ci sono io!"

"*Uanema, adesso aggio capito tutt'eccose!*"

L'esclamazione dell'appuntato D'Angelo restituisce il sorriso ai tre e Tagliaferri, cogliendo l'attimo di serenità ritrovata, afferma:

"Bene. Visto che adesso siete tutti d'accordo ed è quasi mezzogiorno, che ne dite di accompagnare il vostro comandante al bar così vi offre un aperitivo?"

Il vicebrigadiere domanda:

"*E come facimm accà 'n caserma se arriva qualcuno e non trova a nisciuno?*"

"Imposti la deviazione del citofono sul mio cellulare. Se abbiamo la sfortuna che nei prossimi venti minuti suona qualcuno, risponderò io mentre tornerò subito indietro".

L'appuntato Rizzo, preso dall'euforia del momento, commenta:

"*Mariscià, se venite così in borghese appress a noi tre che 'nvece teniamo l'uniforme, qualcuno penserà che siete 'nu mariuolo che stiamo scortando!*".

Con ironia, il maresciallo risponde:

"*E lasciamoglielo pensare!*"

Esposito interviene domandando:

"*Ua, mariscià: sicuro siete? Non volisse mai che 'nu paisà vi riconosce e pensa che voi siete stato arrestato veramente!*"

"Non si preoccupi, vicebrigadiere: non credo che un cittadino, '*nu paisà,* come dice lei, vedendomi con voi tre possa pensare che mi abbiate arrestato: di solito chi è stato fermato non viene portato al bar!"

"*Mariscià, non ci sta proprio niente da fare: voi tenete sempre ragione*".

Mentre raggiungono a piedi il vicino bar nel paese, Tagliaferri riceve una telefonata al cellulare. Rallentando il passo fino a fermarsi, fa cenno ai tre con lui di proseguire e attenderlo all'esterno del locale. A chiamarlo è Adriano Lochis, un colonnello dell'Aeronautica Militare conosciuto in un'occasione poco felice, quando un giovane capitano, subalterno dell'ufficiale, è rimasto coinvolto in una vicenda avvenuta nei pressi del lago Segrino, a pochi chilometri da Asso.

"Ciao Roberto, come stai? Ti disturbo?"

"Assolutamente no: stavo andando a prendere un aperitivo con gli altri carabinieri che lavorano con me. Tu come stai? Che si dice a Roma?"

"Tutto nella norma. Troppe ore passate in ufficio e mai abbastanza in volo!"

Lochis è un pilota che, per via del profilo di carriera, alla conclusione di una lunga e graditissima permanenza in un reparto di volo, è stato trasferito in un ente centrale dove si occupa di *management*.

"Immagino la vita operativa ti manchi parecchio".

"Eccome! Anche se, come sai, ho prevalentemente pilotato aerei adibiti al trasporto e non *jet*, il piacere del volo e di avere giornate più dinamiche di quelle passate dietro alla scrivania è una mancanza incolmabile. Per fortuna, di tanto in tanto ho ancora la possibilità di pilotare".

"Se posso azzardare un paragone, il tuo profilo professionale mi ricorda quello di un calciatore che a trentacinque o quarant'anni smette di giocare e passa dall'altra parte, alla dirigenza della sua squadra".

"Il confronto è azzeccatissimo, anche se è doveroso che io faccia una precisazione: mentre i calciatori smettono perché cominciano a presentare delle limitazioni fisiche, noi piloti militari siamo tolti dall'attività operativa solo per vincoli derivanti dal profilo di carriera. Una semplice dimostrazione di quanto ho appena affermato è il fatto che i nostri colleghi dell'aviazione commerciale continuano a pilotare fino a circa sessant'anni".

Tagliaferri, con tatto, osserva:

"Non era mia intenzione ipotizzare alcun deficit dal punto di vista fisico".

"Ma figurati! Ho comunque quasi cinquant'anni e sono ben consapevole di non avere più il fisico di una volta!"

"A chi lo dici! Quando giocavo a calcetto sopperivo alle mie carenze tecniche con la corsa e gli scatti. Adesso, non dico che in campo passeggi anziché correre, ma poco ci manca!"

"Io mi sono dato al padel, perché tra colleghi e amici non si riusciva mai ad arrivare a dieci per organizzare una partita a calcetto".

"Il padel? Ho notato che i campi stanno nascendo come funghi un po' ovunque".

"Eccome! Costruirne uno è un investimento decisamente redditizio poiché il padel è una disciplina più semplice e meno tecnica, almeno a livello amatoriale, rispetto al tennis. In più non è indispensabile avere una forma fisica impeccabile".

"Sì, uno dei miei colleghi, che, tra l'altro, è decisamente in sovrappeso, ci gioca spesso e, a quanto dice lui, di tanto in tanto riesce anche a vincere!"

"Quando sarai costretto ad abbandonare il calcetto dovresti provarci".

"Potrei anche senza rinunciare al calcetto, ma prima dovrei studiare le regole".

"Se conosci quelle del tennis, non sono molto differenti, a cominciare dal calcolo del punteggio, che è identico".

"Senti, perché uno dei prossimi *weekend* non vieni un salto nel profondo nord, così mi insegni?"

"Servirebbero altri due giocatori, perché abitualmente si gioca in quattro, come un doppio a tennis".

"Uno potrebbe essere il collega di cui ti dicevo".

"Almeno per una decina di giorni non posso cogliere il tuo cortese invito: il prossimo *weekend* arriverà mia figlia Arianna da New York e partiremo per una breve vacanza".

"Buon per voi! Anche se non ho ancora avuto il piacere di conoscerla, da quanto e come spesso ne parli dev'essere proprio una ragazza in gamba".

"Lo è. In ogni caso, avrai sicuramente occasione di incontrarla e, in effetti, ti ho chiamato proprio perché ho necessità di parlarti di lei".

In questo momento il maresciallo teme che Lochis gli stia per chiedere uno di quel genere di favori che un carabiniere integerrimo com'è lui non potrebbe né vorrebbe fare. Con fare interlocutorio si limita ad affermare:

"Dimmi pure".

"Arianna avrebbe intenzione di scrivere una tesina sulle forze dell'ordine italiane e non ho potuto evitare di pensare a te".

Sollevato da quanto appena sentito, Tagliaferri risponde con entusiasmo:

"Ne sarei felice e onorato. Dalle pure il mio indirizzo di posta elettronica e il numero di telefono: può scrivermi o chiamarmi quando vuole. Se mi pone delle domande precise per me diventa più semplice rispondere e spiegare, anziché parlare in modo generico di quel che facciamo o come svolgiamo i nostri incarichi".

"Grazie per la tua sempre viva disponibilità. Comunque non escludo che Arianna, prima di ripartire per gli States, possa anche avere il tempo di venire con me dalle tue parti".

"Sarebbe perfetto!"

"E così avremmo il quarto giocatore per il padel!"

"Esatto! Ora scusami ma devo salutarti, perché avevo detto ai miei ragazzi che avrei offerto io e ormai mi stanno aspettando già da un po'!"

Conclusa la lunga telefonata, il maresciallo affretta il passo per raggiungere il bar. Mentre cammina, il conducente di una Peugeot blu proveniente dal senso opposto getta dal finestrino della carta appallottolata che, rotolando, si ferma proprio davanti ai piedi del carabiniere. Prima di chinarsi a raccogliere quel materiale che, sebbene biodegradabile, rappresenta comunque un rifiuto, si volta a osservare meglio l'automobile. Irritato dal comportamento tenuto da quell'automobilista, privo di un minimo di educazione civica, per deformazione professionale legge e memorizza il numero di targa. Presa dall'asfalto la palla accartocciata, non essendoci un cestino nei dintorni, la apre: si tratta di una serie di fogli che riportano le piantine di diversi locali, su cui sono tate tracciate frecce, quadratini e linee. Tuttavia, ciò che coglie l'attenzione di Tagliaferri è quanto stampato nella parte alta di uno dei fogli: piazza Pietro Perretta, 15 – Como. Sebbene al momento non gli venga in mente a che cosa corrisponda quell'indirizzo, è sicuro di conoscerlo.

Sfilata dal taschino della camicia una penna, annota sul retro dello stesso foglio il numero di targa del veicolo ormai lontano. Ripiegate, per quanto possibile, le pagine, le infila nella tasca del giubbotto per poi finalmente raggiungere i tre carabinieri rimasti pazientemente in attesa fuori dal bar.

Como – Piazza Pietro Perretta

LA SEGRETARIA

STAZIONE DEI CARABINIERI DI ASSO,
13 GENNAIO (POMERIGGIO)

Sulla scrivania del comandante sono poggiati i fogli raccolti da terra dopo che erano stati gettati da quella Peugeot in corsa. Tagliaferri ha appena ricevuto risposta dalla motorizzazione civile alla richiesta da lui inoltrata per sapere chi sia il proprietario del mezzo corrispondente alla targa annotata. Avviata una ricerca sul *database* congiunto delle forze dell'ordine, il nome inserito non produce alcun risultato. Tuttavia, consapevole dell'abilità e delle conoscenze capillari possedute dai suoi subalterni, in particolar modo su eventi e personaggi appartenenti al territorio che ricade nella competenza della stazione, chiama nel suo ufficio il vicebrigadiere.

"*Ditemi mariscià*".

"Le dice nulla il nome Vincenzo Schiaffina?"

"*State intendendo Viciè l'elettricista?*"

"Non sarei, ma potrebbe essere lui. Sa per caso se ha una macchina blu?"

"*Chillo che conosco io tiene 'nu furgone. Non saccio se tiene pure 'na macchina*".

Memorizzata l'informazione, si ripromette di controllare, in un secondo tempo e sempre attraverso la motorizzazione, se lo stesso soggetto possegga due mezzi. Trattenendo ancora Esposito, domanda:

"E cosa mi sa dire di questo elettricista?"

"*A quanto ne sacc'io, chill'è 'nu bravo guaglione, se parliamo di faticare: il lavoro suo lo sa fare bene assai e non si piglia manco tanto*".

"Ho capito: è un bravo elettricista, ma?"

"*Nulla, mariscià. Come tanti tiene o' vizio delle macchinette*".

"Quali macchinette?"

"*Chille dintr'ai bar, le slotte che fanno perdere 'nu sacch'i sordi!*"

"Intende le *slot machine* e i videopoker?"

"Preciso".

"Mi tolga una curiosità: come fa a saperlo?"

"*Mariscià, si dice o' peccatore ma non o' peccato!*"

"Veramente sarebbe il contrario…"

"*E vabbuò, n'è la stessa medesima cosa? È capitato a me di vederlo alle macchinette*".

Con espressione quasi allarmata precisa:

"*Aspettasse 'nu mumentiellu, mariscià! N'è ch'io ci gioco co' chilla roba, chiaro, no?*"

"Non lo mettevo in dubbio!"

"*Sentite, giusto pe' curiosità, ma chisto Viciè, che tiene sì e no 'na trentina d'anni, s'è 'nguaiato in qualcheccosa?*"

"No, almeno per il momento. Grazie Esposito, può andare".

"*Sempre a vostra esposiziò, mariscià*".

"Disposizione, Esposito, non esposizione".

"*Tenete ragione, m'impiccio sempre*".

Rimasto di nuovo solo nel proprio ufficio, Tagliaferri compie l'ultimo controllo, ritenuto di maggiore importanza.

Il pomeriggio dello stesso giorno in cui aveva raccolto la carta buttata dal finestrino, aveva chiarito perché l'indirizzo riportato su uno dei fogli gli suonasse tanto familiare. Inserendolo in rete, aveva appurato che corrispondeva alla sede di Como della Banca d'Italia. Le due principali domande che, al momento, si era posto erano state:

"*Perché mai qualcuno in possesso delle piantine dei locali di una banca le getta dal finestrino dell'auto? E chi era per averle?*"

Quanto appena appreso dal vicebrigadiere ha in parte chiarito la seconda domanda, ma il maresciallo non è ancora soddisfatto. Per tale ragione compone il numero telefonico della succursale della banca, chiedendo di parlare con il direttore e, poco dopo, gli viene passato dalla sua segretaria:

"Buon giorno. Sono il maresciallo Tagliaferri, della stazione dei Carabinieri di Asso".

"Buon giorno. Mi dica, maresciallo".

"Ecco, avrei solo necessità di sapere se, recentemente, nella sua banca ci sono stati degli interventi manutentivi o di ristrutturazione".

"Anche se non capisco perché è interessato a saperlo, sì, abbiamo fatto eseguire dei piccoli lavori di ristrutturazione; nulla di significativo, per la verità. C'è qualche problema al riguardo?"

"No, nulla di cui preoccuparsi. Le dispiacerebbe fornirmi il recapito della ditta che se ne è occupata?"

"Guardi, per questo sarebbe meglio se parlasse direttamente con la mia segretaria. Le dica pure che ha già ricevuto il mio consenso".

"Va bene. La ringrazio per la disponibilità".

Il maresciallo, dopo aver ascoltato parte di un brano di musica classica, parla di nuovo con la segretaria del direttore. Nel giro di pochi minuti, l'efficiente assistente gli procura il nome e il recapito della ditta che, qualche tempo addietro, ha provveduto agli interventi manutentivi. Chiama subito il numero che gli è stato fornito e, senza qualificarsi come carabiniere, esordisce dicendo:

"Buon giorno. Il direttore della banca d'Italia di Como mi ha riferito che è la vostra ditta ad aver eseguito alcuni lavori di ristrutturazione".

Con tono quasi seccato, la persona che ha preso la telefonata esclama:

"Guardi che abbiamo già fatto la cortesia di inviare le planimetrie dei locali al geometra che ci ha contattato la scorsa settimana!"

Immaginando siano proprio gli stessi documenti che ha sulla scrivania, Tagliaferri coglie la notizia con stupore e domanda:

"Credo che mi abbia malinteso: sto chiamando per un altro motivo".

"Allora mi dica".

"Mi occorre sapere se il signor Schiaffina lavora per voi o collabora con la vostra ditta come elettricista".

"No, guardi, penso proprio che questa volta il malinteso sia il suo!"

"In che senso?"

"La mia è una ditta che produce piastrelle e provvede alla posa dei pavimenti. Non abbiamo nulla a che vedere con chi esegue lavori elettrici".

"Ho capito. La ringrazio".

Dopo aver ragionato su quanto appena appreso, l'ultima azione che Tagliaferri intraprende è verificare se Vincenzo Schiaffina, cui è intestata la Peugeot, sia anche proprietario di un furgone. Lo scambio di informazioni con la motorizzazione civile avviene quasi in tempo reale e il maresciallo riceve evidenza che l'elettricista con il vizio del gioco, conosciuto dal vicebrigadiere, è proprio la stessa persona che ha gettato i fogli dal finestrino dell'automobile.

Riprese le planimetrie, poiché non ha alcuna preparazione in tale ambito, pensa di non aver nulla da perdere – al massimo un po' di tempo – a interpellare al riguardo i suoi collaboratori. Toglie dalla scrivania la pagina su cui è annotato l'indirizzo della banca, lasciando invece le altre, esce dall'ufficio e percorre il breve corridoio in direzione dell'atrio della caserma. Si affaccia nella stanza dove c'è l'appuntato Rizzo insieme con il vicebrigadiere Esposito e, rivolgendosi a entrambi, domanda:

"Potreste venire un attimo da me portandovi anche l'appuntato D'Angelo?"

"*Certamente, mariscià*".

Quando i tre entrano nell'ufficio del comandante, Tagliaferri mostra loro le piantine e domanda:

"Qualcuno di voi sarebbe in grado di interpretarle?"

Il primo a parlare è l'appuntato Rizzo:

"*Mariscià, ci state facendo 'nu quizze come chilli che stanno in coppa alla settimana nigmistica?*"

"No, vorrei solo sapere se uno di voi capisce qualcosa più di me di queste piantine".

Interviene il vicebrigadiere:

"*Mariscià, mio cugino sta nel campo di chille mappe lì e potrei chiedere a lui medesimo*".

"No, grazie, non è necessario che lo disturbi".

"*Mariscià, se non è di disturbo a me non lo è manco a isso*".

"No, davvero, non occorre".

Rivolgendosi a D'Angelo, il maresciallo aggiunge:

"Immagino che nemmeno lei capisca qualcosa più di me..."

"*In effetti, sarebbe che è così, mariscià. So solamente che chilla specie di freccia fatta di trattini indica o' simbolo della messa in massa della terra... 'nu sacciu bene come si dice. Insomma, chill'aggeggio che serve per non pigliare la scossa*".

Sul viso di Tagliaferri si allarga un sorriso compiaciuto e, quindi, commenta:

"Be', per saperne meno di me mi ha appena dato un'informazione preziosa e la ringrazio".

"N'aggio fatto nulla di speciale, mariscià".

"Ringrazio tutti. Potete andare".

Da quanto dedotto grazie all'intervento dell'appuntato, le pagine trovate per caso corrispondono verosimilmente agli impianti elettrici della banca. Suppone che sia quindi lecito pensare che Vincenzo Schiaffina se ne sia servito per qualche lavoro nella succursale che, peraltro, non sembra gli sia stato commissionato, almeno recentemente. Basandosi sulle nuove informazioni, richiama la segretaria del direttore.

"Buon giorno, sono di nuovo il maresciallo Tagliaferri".

"Buon giorno. Come posso esserle utile questa volta?"

"Premetto che non ho necessità di avere una risposta immediata, ma avrei due domande da porle e, per la verità, la prima potrebbe escludere l'altra".

"Dica pure".

"Vorrei sapere se e quando nella banca sono stati fatti degli interventi che hanno interessato gli impianti elettrici".

"Intende interventi che hanno riguardato le apparecchiature informatiche, tipo computer, monitor e *router*?"

"No, che hanno interessato le strutture murarie, i cavi che passano tra le pareti, gli impianti di illuminazione, le prese elettriche o di derivazione".

"Adesso ho capito. Per questo le posso rispondere subito: da quando io sono stata trasferita qui – ed è ormai trascorso più di un decennio – non è mai stato fatto alcun lavoro sull'impianto elettrico".

Tagliaferri cerca di ricordare le varie pratiche eseguite da alcuni professionisti quando aveva richiesto la certificazione energetica del proprio appartamento. Forse, tra le diverse prestazioni, c'era anche quella di un elettricista.

"Anche se quanto mi ha appena detto escluderebbe già la seconda domanda che avevo, per caso alla banca è stata rilasciata una certificazione energetica?"

"Sì, certo: lo prevede la normativa".

"Saprebbe fornirmi un elenco di tutti i professionisti e tecnici che sono intervenuti per provvedere a rilasciarla?"

"In questo caso devo fare una ricerca, anche perché suppongo sia stata la sede di Roma ad appaltare la ditta per la certificazione".

"Come le ho detto, non c'è alcuna fretta".

"Guardi, se trovassi le persone giuste potrei avere le risposte anche prima di sera".

"Lei è veramente gentile".

"Per così poco..."

"Se posso approfittare ancora della sua cortesia, vorrei farle un'ultima domanda, che è poi la seconda che avevo in mente ed è strettamente correlata alla certificazione energetica".

"Mi dica, maresciallo".

"Le dice nulla il nome Vincenzo Schiaffina? È un elettricista".

"Così su due piedi no. Però potrebbe essere stato uno dei tecnici che hanno fatto i rilievi per la certificazione energetica".

"Grazie ancora".

"Se posso permettermi, una domanda adesso l'avrei io".

"Mi dica pure".

"Come faccio a contattarla una volta ottenute le informazioni che cerca?"

"Può telefonare alla caserma dei Carabinieri di Asso e chiedere di me: se le è apparso il numero di telefono, è quello del mio ufficio. Nel caso volesse invece contattarmi via *email*, può scrivere all'indirizzo che trova sul sito dei Carabinieri di Asso. Le lascio anche il mio recapito cellulare".

Detta il proprio numero personale e poi saluta l'interlocutrice che si è dimostrata oltremodo collaborativa. Non è trascorsa nemmeno un'ora dalla conversazione telefonica quando Tagliaferri riceve un messaggio da un numero non presente nella memoria dello *smartphone*. Incuriosito, lo legge subito:

«Buon giorno, sono la segretaria del direttore della banca d'Italia di Como. Devo scusarmi perché prima non mi sono nemmeno presentata: mi chiamo Annamaria Gerosa. Ho già raccolto le informazioni che cercava sotto forma di documenti e, se per lei non rappresenta un problema, preferirei consegnarle tutto di persona. Potrei venire ad Asso questa sera stessa, salvo non voglia venire lei fino a Como».

Il maresciallo rimane perplesso poiché ritiene improbabile che quei documenti contengano dati che non possano essere discussi telefonicamente o inviati via *email*. Digita comunque una risposta:

«Buon pomeriggio a lei, signora Gerosa. La ringrazio per essere stata così solerte nel procurare quanto richiesto. Per comodità potrebbe anche inviare tutto all'indirizzo *email* della caserma; diversamente, è la benvenuta ad Asso. Prima di partire da Como, le consiglio di accertarsi che io sia presente in caserma. In ogni caso, dopodomani pomeriggio verrò a Como per servizio e quindi potrei fare un salto nella filiale dove lavora. Mi faccia cortesemente sapere per tempo».

Con sua ulteriore sorpresa, pochi minuti dopo aver inviato il messaggio, il cellulare comincia a squillare e il numero apparso sul *display* corrisponde a quello della signora Gerosa.

"Pronto?"

"Parlo con il maresciallo Tagliaferri?"

"Sì, buon giorno".

"Ecco, mi scusi se mi sono permessa di disturbarla telefonicamente".

"Non c'è problema. Mi dica".

"Ho letto il messaggio e preferirei venire ad Asso subito, se la trovo".

"Fino almeno alle diciotto sarò sicuramente nel mio ufficio. Se non viene in auto, mi faccia sapere a che ora arriva, così la verrò a prendere alla fermata dell'autobus".

"No, no, vengo in macchina".

"Ha bisogno di indicazioni per trovare la caserma o ha un navigatore?"

"Se è rimasta dov'era, cioè di fronte a una banca nel centro storico del paese, ricordo come ci si arriva: sa, prima di essere finalmente trasferita qui a Como, lavoravo in una banca di Canzo e mi capitava spesso di venire ad Asso".

"Veramente sono parecchi anni che è stata costruita la nuova caserma e si trova poco dopo il campo sportivo, sotto al curvone che porta a Caglio e al Ghisallo, se è prativa della zona".

"Davvero? In questo caso, se non le dispiace, mi invierebbe un messaggio con l'indirizzo?"

"Certamente".

"Credo di riuscire a essere lì nel giro di un'oretta".

"La aspetto".

Conclusa la telefonata, il carabiniere non può fare a meno di domandarsi perché la segretaria del direttore abbia tanta urgenza di incontrarlo, quando invece le aveva ripetutamente detto di non avere alcuna fretta. Lo avrebbe presto scoperto.

Asso (Como) – Il mulino Valsecchi

LE OCCHIATE

AD ASSO,
SERA DELLO STESSO GIORNO

Il buio invernale è già calato da un'ora e Tagliaferri è in attesa dell'arrivo della signora Gerosa; di tanto in tanto guarda fuori dalla finestra dell'ufficio per vedere se qualcuno sta posteggiando un'autovettura nel parcheggio antistante la caserma. Si domanda:

"*Chissà perché la segretaria del direttore, completata la ricerca su chi si è occupato della certificazione energetica della banca, vuole incontrarmi personalmente e, oltretutto, con tanta urgenza?*"

Aspettando di scoprire la ragione di tale impazienza, riordina le idee su quanto emerso: il proprietario della Peugeot, l'elettricista Vincenzo Schiaffina – venticinquenne con il vizio del gioco d'azzardo – è entrato in possesso dei diagrammi che riportano gli schemi elettrici della sede comasca della banca d'Italia. Fino a questo momento, non risulta che lo stesso sia stato interessato dalla succursale per alcun lavoro che richiedesse tale documentazione.

Con tutti quei primi pezzi di un *puzzle* che non sembrano trovare l'incastro giusto, Tagliaferri continua a ragionare, sebbene consapevole che le sue supposizioni siano alquanto premature:

"Se Schiaffina ha ottenuto questi schemi elettrici senza che la banca lo abbia incaricato di fare dei lavori, potrebbe significare che nutre qualche interesse personale. Non riesco a trovare un valido motivo per tale interessamento, se non qualcosa per certi versi malevolo. Si potrebbe trattare, per esempio, di un massiccio sabotaggio dell'impianto elettrico per qualche torto subito. O invece lo vorrebbe compiere per poi offrire la propria prestazione e ottenere un incarico per una riparazione immediata? Oppure..."

Interrompe i ragionamenti perché, proprio adesso, vede un'autovettura nera fermarsi nei pressi del cancello di accesso alla caserma. Dall'abitacolo esce una signora di una certa età, ben vestita e con una cartelletta in mano. Il maresciallo si alza dalla poltrona dietro la scrivania e, percorso l'intero corridoio, raggiunge l'atrio, dall'interno del quale si vede il massiccio cancello d'accesso, posto a una trentina di metri. Si rivolge a Rizzo, che è nella sua postazione dov'è istallata la pulsantiera di apertura, affermando:

"È la signora Gerosa: apra pure".

"Uà, mariscià! Tenete l'occhio di un avvoltoio perché finché non s'appizza o' faro che sta 'n coppa o' citofono sta troppo buio per vedere. Io manco riesco a capire se chill'è 'nu guaglione o 'na fimmina!"

"A parte il fatto che si dice l'occhio di un falco, di un'aquila o di una lince, non di un avvoltoio, ero in attesa del suo arrivo".

"*Secondo me siete capace di vedere attraverso 'na palla di cristallo*".

"Ma no, nessuna capacità di chiaroveggenza: l'ho semplicemente vista mentre posteggiava l'auto".

"*Scusate, mariscià: n'aggio capito quale capacità non tenete chiaro?*"

"Nulla, appuntato, come non detto. Ha aperto?"

"Precisamente".

Poco dopo la segretaria del direttore entra nella caserma. Sebbene sia vestita in modo impeccabile, ha un aspetto quasi emaciato, complice il pallore, probabilmente provocato dal freddo intenso. I capelli, con un taglio e una pettinatura decisamente fuorimoda, presentano diverse striature grigie, indicative della sua età. Il maresciallo la accoglie facendola accomodare direttamente nel proprio ufficio.

"Posso offrirle una bibita, uno *snack* o un caffè?"

"Se fosse possibile avere un tè sarebbe perfetto, grazie. Fuori si gela!"

"Provvedo subito".

Attraverso l'interfono chiede a Rizzo se può gentilmente portare un tè caldo e poi, rivolgendosi alla donna seduta di fronte a lui – che ritiene abbia superato i cinquantacinque anni – domanda:

"Ha avuto difficoltà a trovare la caserma?"

"No: ho seguito il navigatore ed è stato semplicissimo".

Indicando la cartellina che aveva in grembo, il maresciallo aggiunge:

"Immagino che quella sia per me".

"Sì, contiene il risultato della certificazione energetica, su cui sono riportati i dati di tutti i professionisti che se ne sono occupati. Come vedrà, risale a quattro anni fa".

La segretaria poggia il raccoglitore sulla scrivania e Tagliaferri ne estrae sei fogli stampati a colori, su cui sono riportati svariati dati tecnici, grafici a torta e i recapiti di ogni tecnico che ha preso parte al processo di certificazione, oltre agli stessi schemi di cui aveva già copia. In quel momento entra l'appuntato che porge, insieme a una bustina di zucchero e un cucchiaino, il tè alla signora che lo ringrazia affermando:

"Mille grazie, maresciallo".

Rizzo, con espressione imbarazzata, si rivolge al suo comandante dicendo:

"*Mariscià, n'aggio capito: o' tè lo sono andato a pigliare io e chista ringrazia a voi? O la qui presente ha nominato pe' sbaglio o' grado mio come chillo di voi stesso?*"

La diretta interessata, comprendendo in parte la frase che l'appuntato ha rivolto al suo comandante, aggiunge:

"Scusate, forse avrei dovuto ringraziare entrambi..."

Tagliaferri interviene per fare chiarezza:

"No, ha fatto bene a ringraziare l'appuntato Rizzo che, per aver compiuto questo gesto galante, verrà promosso sul campo a maresciallo! Non si preoccupi se non conosce i nostri gradi: ci siamo abituati ed è del tutto normale".

Rizzo, sorpreso dall'affermazione appena pronunciata dal proprio comandante, chiede:

"*Mariscià, o' vero intendete promuovermi solamente per aver portato accà 'nu bicchiere di tè caldo?*"

"No, sita tranquillo: era solo una battuta e un modo per far capire alla nostra ospite che tra noi due esiste una differenza di grado".

"*Adesso aggio capito! Se servirebbe altro, voi lo sapete: staccio di là*".

41

Rimasto di nuovo solo con la signora Gerosa, Tagliaferri controlla rapidamente se il nome di Vincenzo Schiaffina appare su uno dei documenti e, non trovandone traccia, si rivolge di nuovo all'ultracinquantenne:

"Mi scusi l'osservazione, ma non mi sembra che qui ci sia nulla che non potesse essere trasmesso via *email* o anche semplicemente comunicato per telefono".

Dato che l'interlocutrice non proferisce parola, aggiunge:

"Non occorreva che venisse fin qui, ma apprezzo la sua iniziativa".

Finalmente, con palese timidezza, la signora fornisce una spiegazione:

"Ecco, per la verità ho voluto cogliere l'occasione per parlare apertamente con lei, dato che non mi sembrava proprio il caso di farlo al telefono. Ho pensato che lei, essendo un carabiniere, fosse la persona giusta cui esporre un mio problema e dalla quale ricevere un buon consiglio".

Dimostrando la sua abituale disponibilità nei confronti del cittadino, il maresciallo replica:

"Mi dica pure: noi Carabinieri siamo qui anche per questo".

"Come sa, il dottor Fusi, oltre a essere il direttore della succursale, è anche il mio capo diretto e spesso sono a stretto contatto con lui, come del resto è normale per una segretaria".

"Immagino, anche se non ho mai avuto il privilegio di averne una e non necessariamente una donna".

Tagliaferri riesce a strapparle un sorriso che allenta la tensione della signora, palpabile fino a quel momento. La segretaria riprende affermando:

"Ecco, da qualche tempo il dottore ha assunto un atteggiamento un po' ambiguo nei miei confronti".

Il maresciallo la interrompe subito per avere un chiarimento:

"Ambiguo da quale punto di vista?"

"Diciamo che ho l'impressione che mi abbia fatto delle *avance*".

"Scusi se insisto, lo faccio solo per capire meglio: è una sua impressione o il suo capo ha proprio agito in modo, diciamo, poco educato nei suoi confronti?"

"No, è sempre corretto. Però, sa, qualche volta mi ha lanciato degli sguardi che parevano dire molto".

"La seguo. Lei ha mai dato adito a qualche fraintendimento?"

"Veramente no: io ho sempre svolto i miei compiti in modo preciso e tempestivo".

"Credo di essermi espresso in modo poco chiaro. La domanda aveva un altro senso: lei ha mai lasciato intendere al dottor Fusi che le avrebbe fatto piacere ricevere da parte sua qualche attenzione in più?"

"Assolutamente no! L'unico strappo alle regole lavorative è stato quando, una volta durante lo scorso inverno, mi sono trattenuta nel suo ufficio a bere un tè caldo, proprio come sto facendo ora con lei".

"Mi faccia comprendere meglio: a parte quegli sguardi di cui mi ha riferito, le ha mai fatto, ad esempio, qualche battuta un po' spinta?"

"No, mai. Anzi, non credo ne abbia mai fatte a nessuno: il dottor Fusi è una persona sempre molto riservata".

Pur intuendo lo stato civile della signora Gerosa, priva di una fede al dito, il carabiniere domanda:

"Ne ha già parlato con suo marito o il suo compagno?"

La segretaria arrossisce e, dopo un prolungato silenzio, afferma:

"No, io non sono sposata e, per la verità, non sono stata mai nemmeno fidanzata. Anche se abbiamo cambiato due volte indirizzo, ho sempre abitato a casa con i miei genitori. Da quando poi il mio papà non c'è più, io e la mia mamma ci facciamo compagnia a vicenda. Però ho preferito non dirle nulla di questa faccenda per non farla preoccupare".

Mentre Tagliaferri annuisce pazientemente, l'ultracinquantenne prosegue la sua esposizione:

"Come dicevo, le occhiate che recentemente mi ha dato il dottor Fusi, l'ultima proprio questa mattina, mi hanno particolarmente turbata. Sa, non vorrei mai che si sia fatto o, peggio ancora, si faccia qualche idea sbagliata sul mio conto!"

Avendo compreso a fondo la tipologia di persona che ha di fronte, sia pur non sminuendone i timori o il disagio provati, il maresciallo non reputa stia correndo alcun pericolo e, pertanto, la tranquillizza:

"Apprezzo molto che abbia trovato la forza e il coraggio di venirne a parlarne proprio con me. Da quello che mi ha riferito credo che possa star tranquilla: sono convinto che il dottor Fusi non prenderà iniziative che andranno oltre qualche sguardo. Se vuole il mio consiglio, cerchi semplicemente di far buon viso a cattivo gioco, come si suol dire. Sa, spesso noi uomini esprimiamo il nostro apprezzamento per una donna in maniera troppo esplicita e talvolta questo modo di fare genera malintesi o fraintendimenti. In ogni caso, qualora emergesse qualche atteggiamento più invadente che la mette in difficoltà, non esiti a rimettersi in contatto con me: sarò ben felice di darle tutto l'aiuto possibile".

"Grazie, lei è proprio gentile".

Il comandante della stazione si alza e accompagna la visitatrice fino al cancello della caserma, ringraziandola ancora per la documentazione consegnata. Rientra al caldo e si riaccomoda sulla poltrona dietro la scrivania; ripensando a quanto affermato dall'appuntato Rizzo quando aveva portato il tè, sorride e pensa:

"Se la signora Gerosa fosse venuta qui quando c'erano anche Esposito e D'Angelo, sarebbe scappata via con la convinzione di essere entrata in una gabbia di matti!"

Ripreso il plico di fogli colorati, Tagliaferri ripercorre le possibili motivazioni che avrebbero potuto spingere l'elettricista a entrare in possesso degli schemi elettrici della banca.

"Poiché, fino ad ora, non c'è stato alcun guasto agli impianti della succursale, è probabilmente sensato scartare l'ipotesi che Schiaffina abbia o abbia avuto intenzione di sabotarli per crearsi un nuovo cliente e offrirsi a ripararli. Resta il fatto che, qualsiasi fosse la ragione per cui li aveva, se ne è poi liberato. Forse, ottenute le informazioni che gli occorrevano, le planimetrie non gli sono più servite".

Il maresciallo cerca di capire l'utilità di quegli schemi: l'unica ipotesi, peraltro piuttosto inquietante, cui cerca, invano, di rifiutarsi di prendere in considerazione è che l'elettricista abbia intenzione – o l'abbia avuta – di manomettere l'impianto elettrico per penetrare furtivamente nella banca.

L'ANELLO

*TRA ASSO E CASLINO D'ERBA,
IL GIORNO DOPO (MATTINA)*

Nella caserma l'appuntato Rizzo risponde a una telefonata e, alla conclusione della stessa, va a riferire con tempestività al proprio comandante:

"*Mariscià, ci sta n'urgenza d'intervento immediato a Caslino*".

Sorridendo per la solita bizzarra espressione utilizzata per rimarcare il carattere d'impellenza rivestito dalla comunicazione, Tagliaferri domanda:

"Cos'è successo?"

"*Aggio ricevuto 'na chiamata da una signora che stava agitata assai. Chill'ha detto che ci sta 'na guagliona sotto o' camposanto e che le pare, a issa, che l'altra vorrebbe diventare come tutte chille anime che stanno 'lloco*".

Sia pur non avendo ben compreso quanto comunicato dall'appuntato, per non perdere tempo il maresciallo esclama:

"Intanto che io mi cambio e indosso gli abiti civili, spieghi al vicebrigadiere cos'è accaduto; gli dica di prendere le chiavi e aspettarmi in macchina per andare al cimitero di Caslino".

Senza aggiungere altro, pensa tra sé:

"*Che comunque resta l'unica cosa che ho capito!*"

Meno di cinque minuti più tardi Esposito e il proprio comandante sono già sulla strada provinciale per raggiungere Caslino d'Erba, un paesino che dista meno di sei chilometri da Asso. Durante il breve tragitto il vicebrigadiere chiarisce quanto appreso dall'appuntato:

"*Mariscià, pare che ci sta na' guagliona che vuole buttarsi di sotto da 'n coppa o' camposanto*".

Attraversato il ponte sul fiume Lambro, sebbene l'automobile di servizio fatichi a salire la stretta e ripida strada per accedere al centro urbano dal versante orientale, dov'è anche situato il cimitero, nel giro di tre minuti la coppia giunge sul posto. Entrambi scendono dal mezzo e si fanno largo in un capannello di curiosi arrivati nel frattempo. C'è una ragazza che dimostra una ventina d'anni in piedi oltre il parapetto. Benché il terreno sottostante sia completamente coperto da alberi a basso e alto fusto, Tagliaferri conosce bene la zona: il cimitero si erge su un dirupo roccioso alto qualche decina di metri. Senza perdere tempo, consapevole delle doti del vicebrigadiere, gli dice:

"Faccia il possibile per tenere lontana questa gente e anche la polizia locale, quando arriva. Mentre se ne occupa, cerchi di non farsi notare troppo dalla giovane: non voglio che veda nessuno in uniforme".

"Certamente, mariscià".

Il maresciallo scavalca il parapetto metallico per avvicinarsi lateralmente alla *teenager*. Cercando di usare un tono di voce calmo e pacato, le domanda:

"Ciao, io sono Roberto. Come ti chiami?"

La giovane si volta e, con espressione lievemente sorpresa perché non si era ancora avveduta della sua presenza, risponde:

"Daniela. Non si avvicini altrimenti mi butto di sotto!"

"Dammi pure del tu. Stai tranquilla: non ho alcuna intenzione di venirti vicino, perché se tu perdessi l'equilibrio, sicuramente ti aggrapperesti a me e finirei di sotto con te! E ti posso garantire che non ho alcuna voglia di fare quella fine!"

"Allora allontanati, tanto io da qui non mi sposto!"

"A proposito, come mai hai scavalcato la recinzione?"

"Mi pare ovvio..."

"Hai ragione. Intendevo dire: perché vorresti buttarti?"

"Il mio ragazzo mi ha lasciata".

"O cavolo, mi dispiace! Vorresti farla finita perché non sopporti questa situazione oppure gli vuoi fare un torto, così poi capirebbe quanto tieni a lui?"

"Tutte due le cose".

"Sinceramente non credo proprio che ne valga la pena: se ti ha lasciata significa che a te non teneva abbastanza e, quindi, comunque non ti merita. Oppure non ha ancora realizzato cosa perde rinunciando a te. In entrambi i casi, se tu facessi quel salto nel vuoto cosa concluderesti? In un certo senso, secondo me, è come se gliela dessi vinta, no?"

Tagliaferri nota che Daniela segue il suo ragionamento e che non reagisce quando lui le si avvicina di mezzo metro, dalla sinistra. Riprende a parlare:

"Scusa se mi permetto di dirtelo: almeno esteticamente mi sembri una ragazza cui non manca nulla. Quindi se lui non cambiasse idea non ho dubbi che tu troveresti facilmente decine di ragazzi che, tra l'altro, potrebbero essere persino migliori di lui".

"Grazie per il complimento".

"A proposito, come si chiama?"

Mentre lei risponde, il carabiniere fa un altro passo e le è ormai molto vicino.

"Franco".

"E da quanto tu e Franco state insieme, se posso chiedere?"

"Da un anno".

Notando che porta un anellino all'anulare sinistro, lo indica e domanda:

"Quello te l'ha regalato Franco?"

"Sì, due mesi fa".

"È d'argento?"

"Non lo so ma penso di sì".

"Sai, per alcuni argomenti sono un po' duro di comprendonio. Non capisco una cosa: se non vuoi più saperne di lui, tanto che sei qui sul bordo del precipizio, perché lo porti ancora al dito?"

"Non lo so".

Poi Daniela aggiunge:

"Però se mi buttassi saprebbe che io a lui ci tenevo davvero e quanto sono stata ferita dal torto che m'ha fatto!"

"Be', siccome, di solito e per fortuna, a tutto c'è rimedio, non faresti meglio a dirglielo di persona? Ci hai pensato?"

"No, ero troppo arrabbiata per parlargli".

"E adesso lo sei ancora?"

"No, non più".

"E allora? Cosa stai aspettando? Che se ne trovi un'altra? Se posso darti un consiglio, chiamalo e provate a chiarirvi".

Per essere ancora più incisivo, aggiunge:

"In fondo, pensaci un attimo: cos'hai da perdere facendo un tentativo? Anche se Franco non cambiasse idea dopo che gli hai parlato o se ti rispondesse che ha già trovato un'altra, fregatene! Come ti ho detto prima, in giro ci sono tanti altri ragazzi".

Daniela gira lo sguardo e lo fissa intensamente; poi si volta e comincia a muoversi verso di lui. Improvvisamente il cornicione di cemento su cui poggia il pie-de destro, quello esterno, si sbriciola facendole perdere l'equilibrio e cadere verso il vuoto.

D'istinto Tagliaferri allunga il braccio destro e le afferra la manica del giubbetto che, per fortuna, non si sfila; con l'altro si aggrappa come può alla ringhiera che ha dietro di sé.

La gente, abilmente tenuta a debita distanza dal vicebrigadiere, ha un tumulto e poi, quando il maresciallo riesce ad abbracciare la ragazza, scoppia in un applauso liberatorio. Il carabiniere e la *teenager* scavalcano insieme il parapetto per poi attraversare il cimitero in direzione dell'autovettura blu. Vedendola e riconoscendola, Daniela esclama:

"Tu sei un carabiniere! Mi hai imbrogliato! E mi hai detto tutte quelle belle parole per convincermi a non buttarmi di sotto soltanto perché volevi portarmi in prigione!"

"Sul fatto che io sia un carabiniere hai perfettamente ragione, ma né io né il mio collega abbiamo alcuna intenzione di arrestarti. Piuttosto, se ci dici dove abiti ti diamo un passaggio a casa".

Compreso l'indirizzo, Esposito si mette al volante, mentre Tagliaferri, seduto alla sua destra, si volta ver-so la passeggera e afferma:

"Promettimi che proverai a chiamare Franco. Ti suggerisco di evitare di raccontargli quello che stavi per fare poco fa, anche se poi lo verrà a sapere comunque. Devi anche promettermi che, prima di commettere altre stupidaggini del genere, spiegherai cosa c'è che non va ai tuoi genitori. Sono sicuro che loro sapranno darti sempre ottimi consigli e tutto il supporto che ti occorre. Se poi non bastasse, puoi sempre chiamarmi alla caserma di Asso".

La ragazza, asciugandosi le lacrime, annuisce e lo ringrazia. Arrivati fuori dall'abitazione di Daniela, Tagliaferri si sincera che a casa ci sia qualcuno ad accoglierla e, prima di salutarla, le dice:

"Non far caso a quello che dirà la gente del paese in questi giorni: pensa a sistemare le cose e, se serve, mettici una pietra sopra, ricominciando a guardarti attorno. Il mondo, anche se a te forse non sembra ancora, è pieno di opportunità e la vita vale la pena viverla fino in fondo, perché non sai mai quante cose gradevoli può riservarti!"

Risalito sull'auto blu, dice al vicebrigadiere che possono rientrare in caserma e specifica:

"Per favore, torni al posteggio del cimitero perché vorrei controllare una cosa".

"Siete sicuro, mariscià? Perché da accà facimm chiù ampress a scendere avascio dove sta la stazione dei treni... che poi n'aggio mai capito se è chilla di Caslino o di Castelmarte".

"Sì, lo so che si farebbe prima passando dalla stazione che, giusto per sua informazione, è in comune ai due paesi. Vorrei comunque andare dov'eravamo poco fa".

"Sicuramente, mariscià. Per la stazione intendete dire che siccome che sta sul confine n'è possibile sapere di quale paese è?"

"Non è esattamente quello che volevo dire anche se, in effetti, si trova sul confine tra i due comuni. Considerando l'orografia del terreno, è a circa un chilometro dal centro storico di Caslino, mentre per salire a Castelmarte si può percorrere un ripido sentiero che attraversa il bosco".

"*Adesso aggio capito: mariscià voi sapete tutt'eccose! Eppoi prima siete stato bravo assai, anzi, eccezionale a risolvere o' prubblema di chilla guagliona! E che riflessi da supermàn quando l'avete pigliata per non farla cascare avascio!*"

"Grazie, ma non è solo merito mio! Vicebrigadiere, se lei non avesse tenuto la folla lontana non ci sarebbe mai stata la tranquillità indispensabile per farla calmare e ragionare".

"*Dovere, mariscià. È sempre 'nu piacere collaborare con voi, ogni volta che me lo chiedete*".

Percorsa la tortuosa salita fino alla parte meno antica del paese, lasciano di nuovo il mezzo nel parcheggio del cimitero.

"Se preferisce, può anche aspettarmi in macchina, così resta al caldo".

"*Non sia mai, mariscià! Non sarebbe giusto che pigliate friddu voi solamente!*"

"Allora mi segua, così controlliamo insieme: in fondo, quattro occhi vedono sempre meglio di due".

Raggiunto il parapetto oltre il quale, poco prima, Daniela era in piedi in procinto di buttarsi nel vuoto, Tagliaferri individua facilmente il punto in cui le fondamenta in cemento si erano sgretolate. Si china e infila la mano oltre la ringhiera per saggiare la robustezza delle altre parti a destra e sinistra. Rivolgendosi al vicebrigadiere dice:

"Faccia come me: voglio verificare in che stato è il cemento in cui sono affogati i sostegni della ringhiera: non vorrei mai che un giorno o l'altro cedesse all'improvviso quando qualcuno si appoggia".

Sul lato esterno e su quello interno del basamento cementizio intere parti si staccano esercitando anche poca forza; altre ancora sembrano prossime a farlo poiché presentano profonde crepe. Esposito, assumendo un tono da esperto, afferma:

"*Chista è tutta colpa du friddu che fa quassù. O' gelo spacca tutt'eccose!*"

"Sì, lo credo anch'io. Appena rientro in ufficio faccio un colpo di telefono al sindaco: lo conosco personalmente e voglio sincerarmi che sia già al corrente dello stato di degrado di questa parte del cimitero".

Tornati all'automobile si dirigono verso Asso. Meno di un chilometro dopo aver lasciato il parcheggio, la strada comincia a scendere verso la zona pianeggiante attraversata dal Lambro. Proprio in corrispondenza dell'inizio della ripida discesa, lo sguardo di Tagliaferri si sofferma sulla destra, dove spicca, in un contesto di verde rigoglioso, il piccolo santuario della Madonna di san Calogero. Il viottolo di accesso pedonale è fiancheggiato da cipressi fino a uno spiazzo dominato da una croce in ferro e delimitato da una serie di edicole rappresentanti i misteri del rosario sulla vita di Cristo. Pensa tra sé:

"*Anche questo, come l'eremo di san Miro a Canzo, è un luogo ideale dove potrei venire quando ho bisogno di concentrarmi e riflettere su un caso difficile*".

Poi, rivolgendosi al vicebrigadiere, domanda:

"Se la sentirebbe di tenere un po' d'occhio Schiaffina?"

"*Chi? Viciè o' elettricista?*"

"Sì, proprio lui".

"*Allora tenevo ragione quando pensavo che chillo sta 'nguaiato assai. Mariscià, ch'aggia fa precisamente?*"

"Cominci con il raccogliere qualsiasi informazione sul suo conto, anche se si tratta solo di pettegolezzi".

"*Uanema, quassicosa di qualsiasi genere è n'imprisa complicata assai*".

"Non è poi tanto difficile: senza dover compiere alcuna ricerca mi ha già detto che gioca alle macchinette nei bar e che per lavorare utilizza un furgone. Per informazione, oltre a quello, possiede anche una Peugeot blu. Ciò che mi piacerebbe scoprire è, ad esempio, se sta lavorando e dove, se ha sempre vissuto ad Asso, se è in affitto, se ha figli, se è sposato o divorziato, se ha un conto in banca o alla posta, se ha debiti... Insomma cose del genere".

"*Tengo 'nu tempo limite?*"

"No, non sta partecipando a un quiz a premi. Facciamo così: da oggi pomeriggio dedichi almeno un paio d'ore al giorno a questo nuovo incarico e se ha necessità di uscire dalla caserma non occorre che mi chieda autorizzazione. Comincerà a riferirmi domattina e quando scopre qualcosa di nuovo mi aggiornerà la mattina seguente, diciamo per una decina di giorni. Tutto chiaro?"

"*Precisamente. Mariscià, con me potete stare tranquillo: consideratelo come se sarebbe già fatto!*"

Ridendo, Tagliaferri afferma:

"Oggi siamo riusciti a salvare una vita ma, purtroppo, per l'ennesima volta è venuto a mancare il signor congiuntivo".

"*N'aggio capito: chi è chillo ch'è muort?*"

"Nessuno, Esposito. Non ci faccia caso: stavo riflettendo ad alta voce".

Appena tornato in ufficio, il maresciallo cerca nella rubrica poggiata sulla scrivania il numero del dottor Ponti, il primo cittadino di Caslino d'Erba, che è anche un consulente finanziario presso una banca di Milano. Lo chiama al cellulare:

"Ciao Marco, come stai?"

"Indaffarato come sempre: sono uscito poco fa da una lunga riunione! A proposito, mi hanno appena chiamato dal paese per informarmi del brillante intervento che tu e i tuoi uomini avete compiuto vicino al cimitero".

"Sì, una ragazza era in difficoltà e non ho fatto altro che darle una mano a riflettere su quanto aveva intenzione di fare".

"Mi hanno detto anche questo. Mio figlio la conosce e cercherà di entrare in maggior confidenza con lei, in modo da prevenire l'eventuale ripetersi di situazioni simili".

"Ottima idea. Le ho già parlato anch'io e mi sembra una ragazza molto intelligente. Ti ho chiamato perché, come spero tu sappia già, il basamento di cemento della ringhiera del cimitero, dal lato che affaccia sul precipizio, per intenderci, non è in condizioni ottimali".

"Sì, ne sono a conoscenza e ho già trovato il modo di metterlo in sicurezza. Anche se, purtroppo e tanto per cambiare, il Comune non ha soldi, per fortuna i caslinesi hanno molta buona volontà e un gran cuore. Appena avranno un po' di tempo – e mi hanno promesso di farlo entro il prossimo fine settimana – se ne occuperanno tre ragazzi che fanno i muratori. Il materiale è già stato acquistato con una raccolta fondi fatta in parrocchia".

"Immaginavo che, nonostante il tuo doppio impegno professionale, avresti fatto, come sempre, le scelte giuste ponendo la massima attenzione. Molti altri politicanti si affidano invece alla solita prassi: segnalano il problema e, per mancanza di fondi, si limitano a risolvere ogni cosa mettendo transenne o chiudendo strade".

"Già. Ma, come detto, io riesco sempre a trovare una soluzione accettabile grazie alla collaborazione dei cittadini. Ormai nei piccoli paesi come Caslino è l'unico modo per far funzionare le cose".

La conversazione prosegue ancora per qualche minuto, finché i due non si salutano, augurandosi vicendevolmente un buon proseguimento di giornata.

I CORNETTI

TRA CANZO E ASSO,
15 GENNAIO

Tagliaferri si trova in quello che lui considera il suo rifugio segreto, benché si tratti di una località facilmente accessibile a chiunque. Stretto in una gola in cui scorre il torrente Ravella, l'eremo di san Miro, oltre a essere un luogo di culto e di ristoro per l'anima e la mente, rappresenta per molti escursionisti una sosta per riposare prima di affrontare il ripido e lungo sentiero che conduce ai Corni di Canzo. La piccola chiesa eretta con pietre locali in onore del santo è ben inserita nel contesto ambientale, dominato dalla roccia, dagli arbusti verdeggianti e dallo scorrere dell'acqua.

Il maresciallo ha l'abitudine di raggiungere Gajum, l'area posta sopra il centro storico di Canzo, con la propria Mazda MX-5; da là procede a piedi lungo una strada sterrata quasi pianeggiante che costeggia il torrente e, dopo meno di mezz'ora di cammino, giunge alla meta. Il motivo per cui predilige tale sito rispetto ad altri altrettanto agevoli da raggiungere – e forse anche più accoglienti, come il lago Segrino – è molto semplice: senza necessità di dover spegnere il proprio cellulare per non essere disturbato, in quella piccola gola rocciosa non vi è alcuna copertura del segnale telefonico. In ogni caso, ogni volta che si reca lassù non rimane irreperibile a lungo perché non si trattiene per molto tempo.

Prima di raccogliere la concentrazione, ragione che lo ha spinto ad arrivare fino a tale luogo carico di misticismo, lascia che la mente ripercorra quanto appreso su san Miro, vissuto a metà del milleduecento. In quell'anfratto tanto fresco d'estate ma terribilmente gelido durante l'inverno, un tempo esisteva anche una grotta in cui l'eremita si stabilì, seguendo il proprio maestro, cui fu affidato dal padre morente, insieme a tutti i suoi averi. Si sistemarono entrambi lassù, vivendo per anni in solitudine e meditazione, mentre gli abitanti si rivolgevano loro per ricevere conforto nei momenti difficili. Quando il maestro morì, san Miro lo seppellì nei pressi della grotta e poi donò ai poveri la casa insieme a quanto ereditato dal padre. Rimase sulle rive rocciose del torrente ancora per qualche tempo, finché non intraprese un lungo pellegrinaggio che lo portò a Roma. Tornò solo temporaneamente a Canzo per poi recarsi in vari paesi sulle rive del lago di Como.

L'aria frizzante riporta subito Tagliaferri all'attualità. Valutate tutte le informazioni diligentemente raccolte dal vicebrigadiere sul conto di Vincenzo Schiaffina, decide che, appena rientrato in caserma, avvierà le pratiche indispensabili per richiedere di mettere sotto controllo il cellulare dell'elettricista. Ha la convinzione che, attraverso le intercettazioni ambientali, possa scoprire, prima che sia troppo tardi, se il suo intuito è corretto e se, quindi, il soggetto stia tramando qualcosa di illecito. Tuttavia, è ben consapevole che, prima di ottenere l'auspicata autorizzazione, potrebbero trascorrere anche delle settimane; pertanto, rimanendo stoicamente tra le rocce nonostante la rigidità del clima, quasi amplificata dal costante fragore dello scorrere dell'acqua, cerca di stabilire un'azione alternativa da porre in essere nel frattempo.

L'idea gli viene un istante dopo aver controllato l'orologio che porta al polso. Sorridente, si alza dalla panchina su cui siede e torna a passo svelto all'automobile. Si mette al volante e ridiscende verso il centro del paese, con l'intenzione di fermarsi in una delle pasticcerie che sono un fiore all'occhiello di Canzo a prendere un caffè e delle *brioches* fresche da portare ai suoi subalterni.

Di tanto in tanto frequenta i bar e i locali di ritrovo sia di Asso, sia dei paesi limitrofi: sa bene che la visibilità e la presenza sul territorio sono strumenti fondamentali non solo di deterrenza ma, soprattutto, per cogliere aspetti e sfumature della cittadinanza che, diversamente, sarebbero impercettibili.

Finalmente rientrato in caserma, dirigendosi nel proprio ufficio convoca Esposito.

"Entri pure, vicebrigadiere".

"*Ch'è success, mariscià?*"

"Nulla di particolare. Qui ci sono delle *brioches* che ho comprato a Canzo. Sono solo per voi, perché io ne ho già mangiata una. Quando avrà finito di ascoltare quello che le voglio riferire, le porti pure di là".

"*Grazie, mariscià. Voi siete sempre troppo gentile assai con noi e pensate sempre a tutt'eccose*".

"Per così poco! L'ho chiamata perché ho un nuovo incarico da affidarle".

"*Uanema! Tenete una nuova missione specialissima per me?*"

"Diciamo di sì. Le informazioni che ha raccolto sull'elettricista mi hanno spinto a sospettare che stia progettando qualcosa di illecito e credo anche di avere un'idea di quale possa essere il suo obiettivo. Tuttavia, non ho ancora alcuna prova per far sì che ci possiamo muovere in modo ufficiale. Richiederò l'autorizzazione per mettere sotto controllo il cellulare di Schiaffina, ma ci vorrà del tempo prima di ottenerla. Quindi, per il momento dovremo cercare di raccogliere delle prove in altro modo. Ed è qui che entra in gioco lei".

"*Mariscià, prima che proseguite, verimm' s'aggio capito buonu: voi pensate che Viciè sta per fare qualcosa di losco e allora volete addimannà di cuntrullà o' cellulare di isso pe' truvà i fatti contro a isso stesso*".

"Esattamente".

Il vicebrigadiere aggiunge:

"*Però, con tutto o' rispetto, n'aggio capito 'na cosa: io che c'azzecco co' l'intercettamento?*"

"Si direbbe intercettazione. Comunque, per rispondere alla sua domanda più che giusta, vorrei che da domani e per tutta la settimana lei seguisse gli spostamenti di Schiaffina".

"*Mariscià, pe' parlare chiaramente, aggio a pedinà Viciè?*"

Tagliaferri precisa:

"Sì, giorno e notte per una settimana, facendo dei turni con D'Angelo o Rizzo, come preferisce. L'incarico è compatibile con le turnazioni per il servizio di reperibilità in caserma perché potete includere anche me. So bene che sarà piuttosto pesante e impegnativo, ma si tratta solo di qualche giorno. Poi torneremo alla gestione ordinaria".

"*Mariscià, però ci sta 'nu prubblema ed è gruoss'assai*".

"Ci sono sempre dei problemi ma sono sicuro che tutti insieme li possiamo affrontare e risolvere. Comunque, mi dica".

"*Chillo, Viciè intendo, anche se solamente di vista, a me mi conosce*".

"Ha fatto bene a dirlo subito. In questo caso, a svolgere l'incarico saranno i due appuntati, che si alterneranno in autonomia. Noi due faremo invece i turni qui in caserma".

Notando l'espressione perplessa sul volto del vicebrigadiere, Tagliaferri domanda:

"È tutto chiaro quello che deve riferire a D'Angelo e Rizzo?"

"*P'esse chiaro è stato chiaro assai. O' prubblema è se Rizzo tiene ancora la crisi con la mogliera sua e difficoltà a stare fuoricasa la notte*".

"Se si organizzano in turnazioni ogni dodici ore anziché ogni sei, non dovrebbe avere difficoltà perché rimarrà fuori per esempio dalle otto di mattina alle otto di sera. In ogni caso, se insorgessero incompatibilità insuperabili, me li mandi entrambi in ufficio e cercheremo un modo per venirne a capo".

"*Intendete se chilli due là non s'accordassero tra loro stessi?*"

"Sì. In caso di dubbi, li faccia venire da me".

"*Vabbuono mariscià, faccio come dite*".

Esposito si alza dalla sedia, saluta con un cenno il proprio comandante e si volta per andare dai colleghi. Non ha ancora varcato la soglia dell'ufficio che il maresciallo richiama la sua attenzione esclamando:

"Esposito!"

"Uanema, mariscià, m'avete fatto prendere paura! Ch'è success adesso?"

"Le brioches".

"Mi scusasse, 'nu saccio dove tengo 'a capa: me n'ero già scordato!"

"Non si preoccupi e buona colazione a tutti!"

Tagliaferri torna a concentrarsi sui pochi elementi a propria disposizione per consolidare le teorie che ha ipotizzato e pensa:

"*Se l'elettricista avesse addirittura in mente di fare un colpo in banca, certamente non agirà da solo. Al di là delle sue condizioni finanziarie che potrebbero essere precarie a causa del vizio del gioco d'azzardo – anche se è ancora da verificare se si stia riducendo sul lastrico – il denaro fa gola a chiunque, specie a chi è giovane come lui. Restano diversi quesiti ai quali trovare risposta: se le piantine dei circuiti elettrici sono state effettivamente utilizzate per pianificare un furto, perché scegliere proprio la banca d'Italia, che sarà certamente ben protetta? Di quanti soggetti potrebbe essere composta la banda di ladri? E, soprattutto, quando verrà messo in atto il colpo, sempre se di colpo si tratta?*"

Si rende perfettamente conto di non avere in mano nulla di concreto a sostegno dei suoi sospetti e ritiene inutile allarmare il direttore della banca: sa bene che quest'ultimo, prima di prendere qualsiasi iniziativa per rinforzare il sistema di sorveglianza, domanderebbe giustamente prove concrete dei rischi cui sarebbe esposta l'importante succursale che dirige.

Pertanto, non ha alternative se non attendere l'autorizzazione per avviare le intercettazioni ambientali; nel frattempo, attraverso la sorveglianza compiuta dai suoi uomini, potrà quanto meno determinare se Vincenzo Schiaffina ha una condotta comportamentale ambigua e tale da avvalorare la sua tesi.

Non sono trascorsi nemmeno dieci minuti quando sente bussare sulla porta spalancata dell'ufficio. Alzati gli occhi vede sulla soglia l'appuntato Rizzo che, assunta un'espressione mortificata, domanda:

"*Mariscià, posso conferire con voi 'nu moment nella vostra stanza?*"

"Certo. Come sa, se la porta è aperta, e sono rare le volte in cui non lo è, significa che mi potete disturbare".

Immaginando che siano già subentrate difficoltà per organizzare la turnazione, chiede:

"Quali problemi sono sorti?"

"*Ecco, o' vicebrigadiere quand'è venuto di là poc'anzi, reggeva 'nu vassoio di cornetti*".

"Sì, li ho comprati prima in una pasticceria di Canzo".

"*Ecco, succedette che, per colpa di me medesimo, Esposito s'è intruppato e isso è caduto a terra co' tutti i cornetti*".

"Che peccato! Esposito non si è fatto male, vero?"

"*Ma quanno mai! Chillo anche se prepicita dall'ultimo piano d'un palazzo 'nu si fa manco 'n graffio!*"

"Meglio così! Comunque si dice *precipita*".

"*E io ch'aggio ritto?*"

"Lasci perdere. In ogni caso, non era necessario che mi venisse ad avvisare. Mi dispiace che non abbiate potuto assaggiarli".

"*Mariscià, stava necessario eccome, pecchè mo' nell'atrio ci sta 'nu casino… tra zucchero a velo, briciole e carta, pare di stare dintr' a 'nu mercato rionale!*"

"Be', in questo caso non credo si possa aspettare fino a domani la signora delle pulizie: se venisse qualche cittadino l'atrio dev'essere presentabile".

"*Infatti è la stessa cosa precisa identica che avimm pensato pure noi. O' prubblema è che tutta l'attrezzatura di issa, della signora Monica, sta chiusa dintra a chilla stanzetta dove lei stessa si cambia quando viene accà*".

"E quindi?"

"*Quindi nisciuno tiene uno scopettino e 'nu straccio pe' pulire a terra. Volevamo avvertirvi di chist prubblema*".

Alzando gli occhi al cielo, il maresciallo afferma:

"Non vi preoccupate. Tra una mezz'ora farò un salto a casa mia e prendo l'occorrente".

"*Mariscià, se ci dovete andare appropiatamente pe' questo, ci posso andare pur'io a casa mia a pigliare straccio e scopettino*".

"E allora perché non l'ha già fatto?"

"*Mariscià, mica posso pigliare e andare via senza avvertirvi!*"

"Su, Rizzo! In questi casi un minimo d'iniziativa non nuoce! Se fosse uscito per questa ragione sono sicuro che gli altri all'occorrenza me lo avrebbero detto. Forza, mettetevi d'accordo e uno di voi faccia un salto a casa. Anzi, perché non uscite insieme tutti quanti per andare a prendere un caffè e una *brioche*, dato che, alla fine, non ne avete mangiate?"

"*Ua, mariscià, e come facimm se mentre che noi siamo al bar arriva qualcuno che bussa al citofono?*"

"Io non mi muovo da qui e mi occuperò personalmente di accogliere eventuali visitatori".

"*Grazie mariscià. Voi siete sempre troppobuono assai. Allora lo riferisco di là e andiamo prima al bar, poi a pigliare lo scopettino e lo straccio. Vi portiamo niente?*".

"No, grazie".

Rimasto solo, beneficia della tranquillità riguadagnata per rivalutare le proprie congetture e, soprattutto, studiare come procedere nel caso emergesse qualcosa di utile dal pedinamento.

Dopo l'ora di pranzo esce, si mette al volante della propria Mazda e si reca a Como al comando provinciale dei Carabinieri. Incontra il capitano che gli aveva fissato l'appuntamento per discutere la fattiva possibilità di assegnare un altro sottufficiale alla stazione di Asso, per far fronte ai sempre maggiori impegni e garantire al contempo l'adeguato controllo del territorio di competenza. Intascata la promessa fatta in tal senso dall'ufficiale, Tagliaferri è rinfrancato e soddisfatto. Lascia l'edificio color crema per rientrare alla propria caserma, dove giunge una quarantina di minuti più tardi.

Canzo (Como) – Eremo di San Miro

LE PRECAUZIONI

NELLA STESSA VILLA SUL LAGO DI COMO,
L'ANNO SCORSO (UNA NOTTE DI FEBBRAIO)

L'ingegnere era arrivato tre ore prima degli invitati per controllare che ogni dettaglio fosse in ordine. Soddisfatto del giro perlustrativo condotto al piano terra della sontuosa villa, era salito a quello superiore intermedio; come durante il primo sopralluogo, era entrato nell'ampio bagno, dove aveva aperto il rubinetto dell'acqua calda per riempire la vasca provvista di idromassaggio. Scostata la tenda della finestra aveva visto arrivare l'automobile a lui ben nota e atteso che si fermasse.

Sfilato il cellulare dalla tasca della giacca aveva chiamato un numero memorizzato nella rubrica e aveva riagganciato al secondo squillo; sempre guardando il mezzo attraverso la finestra, aveva notato con piacere che, pochi istanti dopo, la portiera sul lato sinistro si era aperta. Era scesa una trentenne dai lunghi capelli biondi, appariscente e alta poco meno di lui, che si era incamminata speditamente verso il massiccio cancello della villa. L'ingegnere era ridisceso, aveva premuto il pulsante sul telecomando di apertura e l'aveva aspettata sulla soglia; quando la donna l'aveva superata, le aveva regalato un ampio sorriso, seguito da un abbraccio tanto energico quanto affettuoso. Prima ancora di sfilarle la pelliccia e appenderla nell'atrio, l'aveva baciata con ardore; poi, mano nella mano, aveva salito con lei i gradini di marmo dell'elegante scala che conduceva al piano di mezzo.

A distanza di meno di cinque minuti erano già nudi dentro la vasca, in cui i loro corpi si erano avvinghiati a formarne uno solo. L'amplesso era durato quasi un'ora e, una volta usciti dall'acqua, avevano protratto la loro unione intrattenendosi per una decina di minuti con una serie di abbracci e baci, avvolti dal vapore che aveva saturato l'ambiente. La coppia, dopo che ciascuno si era rivestito, era tornata al piano inferiore e la bionda aveva provveduto a sistemare sul tavolo del prestigioso salone sette bicchieri da cognac e altri sette per le bibite, alcune bottiglie di liquori, delle caraffe colme d'acqua naturale e frizzante, oltre a un blocco di fogli con sette penne a inchiostro rosso. Sedendosi sul comodo divano, aveva cominciato a mordicchiarsi un dito finché non si era rivolta all'uomo che l'aveva posseduta fino a poco prima per domandargli:

"Sei proprio sicuro che non abbiamo il tempo per un secondo *round*?"

"Te l'ho già detto: non voglio avere cali di concentrazione durante le prossime ore perché la riunione di stasera è molto importante".

"E sei sempre convinto che non sia il caso di trattenermi qui a darti una mano con gli ospiti?"

"Assolutamente no! Nessuno deve sapere di te, altrimenti sorgerebbero inevitabilmente troppe domande".

Poi, afferrandole all'improvviso con energia la mano infilata nel frattempo tra i capelli, aveva esclamato

"E tu non sei mai stata in questa villa in vita tua!"

"Sì, lo so".

L'ingegnere aveva aggiunto:

"Il paese dei balocchi in cui hai cominciato a vivere da quando ci frequentiamo svanirà come un castello di sabbia investito da un'onda del mare se non mantieni la parola! Non te lo sei dimenticato, vero?"

"Lo ricordo bene!"

Preso posto al suo fianco, le aveva dato un bacio sulla guancia per poi sussurrare:

"Non finirò mai di ringraziarti di essere venuta e di avermi dato una mano".

"Per me è stato letteralmente un piacere. Peccato che non possiamo prolungarlo e tu non mi sappia nemmeno dire con precisione quando ci rivedremo la prossima settimana".

"Lo saprai presto. Ti contatterò con le modalità che già conosci".

Assumendo un'espressione insofferente la trentenne aveva esclamato:

"Il fatto che ogni volta utilizzi un numero nuovo mi costringe a rispondere a tutte le chiamate che ricevo dai maledetti *call center*!"

Fatta una brevissima pausa aveva domandato:

"È mai possibile che non puoi chiamarmi almeno con uno di quelli che hai già utilizzato?"

"No, è troppo rischioso. Comunque, se tu facessi come ti ho già spiegato, eviteresti chiamate non gradite: rispondi alla seconda telefonata che segue di un minuto esatto i tre squilli della prima".

"Lo so, me lo hai detto tante volte. Il punto è che la voglia di risentire la tua voce vince sempre sulla pazienza e sulla razionalità".

Si erano baciati ancora, rimanendo abbracciati a lungo finché l'ingegnere non aveva interrotto l'atmosfera carica di affetto, divincolandosi per alzarsi. L'aveva invitata a seguirlo dicendo:

"Adesso è meglio che tu vada".

Presa la pelliccia di visone dall'appendiabiti, l'aveva aiutata a infilarla e aveva aggiunto:

"Trascorri una buona serata".

"A presto".

Era rimasto sulla soglia a osservare mentre la sensuale femminilità della donna che gli aveva fatto visita mentre attraversava il cancello. Risalita sull'autovettura, dal tubo di scappamento della biposto sportiva – che lui le aveva regalato intestandola a una società di cui era azionista – era fuoriuscita una nuvola densa di fumo grigio. Prima di rientrare aveva atteso che la piccola via secondaria su cui affacciava la villa ripiombasse nel buio e nella tranquillità che la caratterizzava, soffermandosi a guardare il ramo di Lecco del Lario: era una macchia nera come la pece che serpeggiava schiacciata tra le montagne altrettanto scure.

Meno di un'ora dopo, con la massima puntualità erano arrivate in modo separato una dall'altra le sei persone convocate nella villa. Ciascun individuo conosceva esclusivamente la presunta professione dell'altro, coincidente con il ruolo assegnato per realizzare l'ambiziosa impresa, concretamente ideata dall'ingegnere stesso. Anche quest'ultimo ignorava totalmente le generalità degli altri, sebbene fosse stato lui ad averli attentamente selezionati in una rosa di professionalità che gli era stata prospettata da un suo contatto.

Dopo che ciascuno aveva agganciato all'appendiabiti il proprio soprabito o cappotto, erano stati accolti nell'elegante salone, dov'erano stati fatti accomodare sui divani e sulle poltrone. Quello che a tutti appariva come il proprietario della villa, li aveva invitati a servirsi liberamente di quanto già disposto sul tavolo, sistemato sopra un pregiatissimo tappeto persiano di lana e seta. Una volta che ognuno aveva un bicchiere in mano, l'ingegnere si era accomodato su una delle poltrone libere e aveva subito preso la parola:

"Rammento a ognuno di noi che, a prescindere dal poco che conosciamo l'uno dell'altro, dovremo utilizzare esclusivamente il nostro titolo professionale. Prima di cominciare, vi pregherei di controllare che i vostri cellulari siano spenti e di darmene conferma".

L'elettricista, il più giovane dei sette partecipanti alla riunione, aveva accennato una lamentela:

"Non ho problemi a spegnere il mio ma, onestamente, tutte le direttive che ci sono state fornite finora mi sembrano un tantino eccessive, per non dire paranoiche".

"La prudenza non è mai troppa, ragazzo mio!"

Il commento del notaio era stato in parte corretto dall'ingegnere che aveva affermato:

"Il notaio ha perfettamente ragione: se qualcuno estraneo a noi sette avesse intuito, o lo facesse in futuro, cosa stiamo progettando, utilizzerebbe qualunque mezzo per scoprire ogni dettaglio per entrare a far parte del nostro gruppo, ricattare qualcuno di noi, impedire di realizzare la nostra impresa oppure, nel caso peggiore, interessare le forze dell'ordine".

Poi, rivolgendosi al notaio, lo aveva redarguito affermando:

"Peraltro, mi dispiace doverle far notare che ha già violato quanto avevo appena detto: si dà il caso che il *ragazzo* per tutti noi sia l'elettricista e dev'essere sempre appellato come tale!"

"Ha perfettamente ragione e chiedo venia".

L'ingegnere, soddisfatto dalle espressioni assunte da ciascun ospite, aveva domandato:

"Possiamo cominciare?"

A distanza di pochi attimi, aveva introdotto il motivo del loro primo incontro congiunto:

"Come sapete siamo qui per pianificare fino al minimo dettaglio la ricollocazione di una parte del contenuto del *caveau*. Non mi sentirete mai nominare il luogo o il giorno prefissato e pregherei anche voi di fare altrettanto. A livello temporale, come concordato, la data cui riferirsi per ogni appuntamento corrisponde all'anniversario della morte di Jesse James, che dev'essere scolpita nella vostra memoria come se fosse la vostra data di nascita. Auspico che abbiate con voi tutta la documentazione occorrente e che l'architetto abbia già preso contatti per la duplicazione di quanto asporteremo".

Quest'ultimo, essendo stato chiamato in causa, era intervenuto:

"Alcuni artigiani francesi di mia fiducia stanno già provvedendo a quanto pattuito, producendo il tutto con tungsteno per ottenere un peso specifico praticamente equivalente e ogni pezzo verrà poi dorato sulla superficie. Per chi avesse dubbi sulla spesa da affrontare, chiarisco che ogni lingotto di peso equivalente a quello d'oro massiccio costerà seicento euro, contro i settecentomila di uno vero. Dunque, credo che il gioco valga la candela. Infine, per vostra informazione, ho motivato l'incarico affidato ai francesi dicendo loro che il materiale è stato richiesto per girare un film".

L'avvocato aveva espresso il proprio apprezzamento esclamando:

"Mi sembra un'idea geniale. Complimenti per la fantasia!"

Gli avevano fatto eco il geometra e il commercialista che, tuttavia, aveva domandato:

"Avendo affidato il lavoro in Francia, non sorgeranno difficoltà per il rispetto della tempistica e, soprattutto, per il trasporto?"

L'architetto lo aveva tranquillizzato rispondendo:

"Nessun problema. Realizzeranno quanto ci serve con molto anticipo e il trasporto avverrà con una ditta che abitualmente si occupa di trasferire proprio materiale cinematografico. Questo garantirà anche il superamento di qualsiasi inatteso controllo doganale al confine".

"Ben fatto!"

L'esclamazione dell'ingegnere aveva posto fine all'argomento e, poco dopo, aveva introdotto il successivo:

"Geometra, come procede con lo studio del sottosuolo?"

"Le ricerche che ho ultimato negli archivi del Comune confermano quanto trovato al catasto. La via di accesso e di uscita al *caveau* non dovrebbe rappresentare un problema".

"Facciamo che alla prossima riunione quel *dovrebbe* scompaia".

Si era poi rivolto all'elettricista:

"Qualche problema per il sistema di allarme e videosorveglianza?"

"Non sono ancora riuscito a recuperare gli schemi elettrici. Comunque, come avevo anticipato a qualcuno di voi, nel caso peggiore posso provvedere a causare un mini *black-out* nel quartiere".

Il notaio aveva osservato:

"Sebbene sia innegabile che operare così possa essere altrettanto efficace, ritengo che provocherebbe l'arrivo in zona quanto meno dei Vigili del fuoco".

L'elettricista aveva ribattuto:

"Non nel cuore della notte: in quella zona centrale della città poche persone si accorgerebbero in tempo reale della mancanza di corrente. Diversamente, per procedere a un isolamento solo dei locali interessati dai sistemi di allarme e videosorveglianza sarebbe opportuno che andassi sul posto per un sopralluogo".

L'ingegnere, quasi con un sussulto, aveva esclamato:

"Non se ne parla nemmeno! Nessuno di noi deve metterci piede perché i nostri visi, così come le nostre generalità, devono rimanere ignoti. È necessario agire nel totale anonimato, perché solo così ci garantiremo un cuscinetto di protezione che sarà quasi impossibile da perforare".

Il venticinquenne aveva quindi ribattuto:

"Senza un sopralluogo dovrò unicamente basarmi sugli impianti riportati sugli schemi che, tra l'altro, non ho ancora tra le mani. Non escludo che differiscano dalla situazione reale e ciò potrebbe provocare dei ritardi nel mio operato per tagliare l'alimentazione ai sistemi di sorveglianza e allarme".

L'architetto aveva commentato:

"Se tutto procede come abbiamo pianificato, il tempo non rappresenterà un fattore critico".

L'organizzatore della riunione aveva proposto:

"A questo punto, ritengo opportuno fare un aggiornamento di situazione per capire a che stadio sono i preparativi rivedendo l'intero progetto con piantine e documenti alla mano. Prima, però, proporrei una pausa".

Promontorio di Bellagio (Como)

LE FIRME

Nella villa vicino a Bellagio,
l'anno scorso (nella stessa notte)

Nel corso dell'interruzione, il notaio si era avvicinato all'ingegnere per domandargli:

"Vorrei fumare: posso farlo qua dentro?"

"No, mi dispiace. Può uscire sulla terrazza: si accede da quella finestra. Data la temperatura, le suggerisco di coprirsi; anzi, vengo a farle compagnia".

Prima di prendere il proprio cappotto, da una scatola poggiata su una lucidissima credenza in legno pregiato, l'ingegnere aveva afferrato un sigaro e, rivolgendo lo sguardo al notaio, aveva domandato:

"Posso offrirgliene uno?"

"No, grazie. Preferisco le sigarette".

Una volta sulla terrazza, erano rimasti in silenzio per qualche minuto, generando piccole nuvole di fumo azzurrognolo alternato al vapore espirato dalle bocche. A parlare per primo era stato il notaio che aveva osservato:

"Certo che con l'oscurità la vista del lago perde gran parte del proprio romanticismo e, anzi, direi che diventa piuttosto lugubre".

"Concordo pienamente. Per non parlare dell'umidità che penetra nelle ossa. Se rimanessimo qui fuori a lungo ben presto non riusciremmo a mantenerci caldi nemmeno indossando un cappotto ancor più pesante".

"Per esperienza so bene ciò che intende. Ho abitato per anni sul lago di Garda e l'effetto climatico è lo stesso. Paesaggisticamente è invece differente: sia di giorno che di notte è più arioso di questo lago che sembra perfino angusto per com'è costretto tra le montagne".

"Forse sono proprio queste caratteristiche ad averlo reso celebre nel mondo. Non dimentichiamo che grandi personaggi della politica, dello spettacolo e della finanza hanno avuto o tuttora possiedono proprietà prestigiose sulle rive del Lario e non su quelle del lago Maggiore o di Garda".

"Immagino si riferisca a George Clooney, ai Kennedy e alla famiglia Rockefeller".

"Non solo. Ci sono molti altri personaggi di spicco che hanno preferito non palesare di avere una villa qui".

Tornando al motivo per cui si trovavano riuniti, il notaio aveva domandato:

"Se posso porle una domanda diretta, crede di riuscire a rispettare le tempistiche che ci siamo imposti e, soprattutto, ad avere successo?"

L'ingegnere aveva fissato l'interlocutore con espressione fredda tanto quanto lo era la temperatura esterna e aveva a sua volta domandato:

"Lei ha qualche dubbio in merito?"

Quasi intimorito da quello sguardo di ghiaccio, aveva risposto:

"Per la verità no. Volevo solo confrontarmi perché ho sempre il sospetto che l'entusiasmo tenda a offuscare alcuni rischi o eventuali problematiche che potrebbero sorgere. Un confronto, specie con lei, non può che essere d'ausilio".

Con lo stesso tono usato per la domanda aveva ribattuto:

"È proprio per questo che stasera siamo tutti riuniti qui. Se lei o qualcuno degli altri professionisti intravedesse qualche possibile minaccia alle predisposizioni finora svolte, la esorto a segnalarla subito: questi sono il luogo e il momento opportuni per far emergere ogni perplessità e obiezione. Come preciserò tra poco, vorrei che nessuno di noi uscisse dal salone portando con sé qualche incertezza: siamo una squadra che, a questo punto, è indissolubile. Come ben sa, nessuno può più tirarsi indietro e, proprio per tale ragione, dobbiamo essere persuasi al cento per cento che il piano funzioni a meraviglia".

Intirizziti dal freddo pungente, qualche minuto più tardi erano rientrati e l'ingegnere, prima di dare la parola a ciascuno dei partecipanti alla riunione, aveva ribadito pubblicamente quanto anticipato al notaio.

Il primo a fare il punto sull'incarico e sul ruolo assegnatogli era stato il geometra. Aperta la ventiquattrore, aveva disposto sul tavolo alcuni documenti.

"Nel negozio individuato lo spessore di pavimento da perforare non dovrebbe superare i due metri. Con l'attrezzatura che ho già ordinato saranno necessarie almeno tre ore per aprire un varco di dimensioni sufficienti".

Lo aveva interrotto l'architetto domandando:

"Siamo sicuri che l'attrezzatura sarà adatta a eseguire i lavori sotto al pavimento del *caveau*?"

"Sì, perché è specifica per il cemento armato, non per un pavimento qualsiasi".

Il commercialista aveva chiesto a sua volta:

"A qualcuno è venuto in mente come attutire il rumore e le vibrazioni generate?"

Il geometra stesso aveva precisato:

"Il primo buco sarà fatto durante il giorno e presumo passerà inosservato, perché giudicato dai passanti o dai curiosi come una fase della ristrutturazione del locale commerciale. Per il secondo, che sarà fatto presumibilmente a distanza di qualche giorno, sebbene si opererà nel cuore della notte, bisogna considerare che ci troveremo grosso modo al centro della piazza, se il percorso di quel tunnel corrisponde a quanto supposto".

Aveva indicato il punto preciso sulla cartina sistemata nel frattempo al centro del tavolo per poi far scorrere la penna rossa intorno alle strade e alla piazza che circondavano sui quattro lati l'edificio di loro interesse. Ripresa la parola aveva precisato:

"I palazzi distano più di trenta metri dal punto in cui opereremo. A livello stradale ci sono solo esercizi commerciali che, ovviamente, a quell'ora saranno chiusi. Ai piani superiori, secondo i miei calcoli sia il rumore, sia le vibrazioni arriveranno talmente attutiti da non svegliare i residenti".

Sempre l'avvocato aveva obiettato:

"E se qualcuno fosse invece già sveglio?"

A rispondere era stato l'architetto:

"Di fronte all'ingresso e sul retro dell'edificio di nostro interesse saranno posizionati due gruppi elettrogeni alimentati da un motore *diesel*, comunque indispensabili per alimentare la nostra attrezzatura qualora ci fosse una mancanza di elettricità. Come potete intuire assolveranno anche la funzione di creare un diversivo per motivare il frastuono e le vibrazioni, se mai quel *qualcuno* che la notte non dorme dovesse farci caso".

Il geometra aveva spiegato di aver già ordinato il cemento a presa rapida, oltre al *linoleum* e agli attrezzi necessari per ripristinare la pavimentazione originale del *caveau*. Proprio su tale punto si era aperta un'accesa discussione con l'elettricista, il commercialista, l'avvocato e il notaio schierati da un lato e gli altri tre dall'altro. I primi sostenevano che ricostruire il pavimento del *caveau* fosse un'inutile perdita di tempo e lavoro superfluo, in quanto reputavano che i dipendenti della banca, avendo familiarità con quel locale blindato, si sarebbero certamente accorti della differenza. I secondi, al contrario, ritenevano che con il rifacimento in modo uniforme del massetto di cemento su cui incollare il *linoleum* identico all'originale, sarebbe stato quasi impossibile notare la differenza rispetto a prima della loro intrusione. Ancora non soddisfatto, il notaio aveva domandato:

"E con l'odore del collante come la mettiamo? Anche se l'ambiente fosse ben ventilato, la puzza rimarrà per parecchie ore".

Il geometra si era limitato a rispondere:

"La sua osservazione sarebbe assolutamente corretta se si usasse un collante comune. Quello che ho ordinato è totalmente inodore".

L'ingegnere, raccogliendo le espressioni ora soddisfatte dei sei partecipanti, aveva decretato:

"Mi sembra che anche questi dubbi siano stati dipanati. Ripristinare la pavimentazione garantirà che nessuno sospetti una violazione del *caveau* e ciò ci consentirà parecchi giorni di vantaggio prima che qualcuno si accorga dello scambio. Ho una domanda di fondamentale importanza per l'elettricista: come sarà aperto il deposito in cui è custodito il nostro obiettivo?"

"Ho studiato diverse tipologie di chiusura abitualmente fornite alle banche e tutte presentano la medesima caratteristica: una combinazione elettronica senza riconoscimento ottico o delle impronte digitali. Ho compiuto diverse simulazioni con un congegno a impulsi, ottenendo sempre lo stesso risultato, ossia l'individuazione della corretta sequenza numerica da digitare".

"Quanto tempo occorre a questo congegno?"

Alla domanda posta dall'architetto il venticinquenne aveva risposto con ironia.

"Purtroppo questa è la criticità maggiore: compiute le varie simulazioni, nel caso più complicato il sistema ha impiegato ben sette minuti per fornire gli otto numeri necessari".

Erano scoppiati tutti a ridere dato quella manciata di minuti rappresentava un intervallo temporale più che accettabile e ben inferiore alle più ottimistiche previsioni. Aveva quindi preso la parola l'avvocato:

"Per quanto concerne l'esercizio commerciale da prendere in locazione, un mio incaricato è in contatto con l'agenzia e sta definendo un'offerta. Il contratto verrebbe intestato a una società fittizia la cui documentazione è già pronta. Resta solo da stabilire chi aprirà e dove un conto corrente che, una volta siglato il contratto di locazione, sarà indispensabile per il versamento della prima mensilità e del deposito cauzionale".

"A questo ci posso pensare io. Ho una persona di fiducia in Svizzera che mi può consentire di aprire un conto corrente criptato nel giro di dodici ore. Non credo subentrino difficoltà se il bonifico per l'agenzia provenisse dall'estero, giusto?"

All'intervento del commercialista aveva replicato l'avvocato confermando che la proposta appena presentata fosse percorribile e attuabile. Era intervenuto l'architetto per aggiungere:

"Io mi occuperò di reperire il furgone con targa straniera e, se necessario, un conducente. Se ritenete che occorrano altri mezzi, sarebbe opportuno che lo richiediate questa sera".

L'ultimo a parlare era stato il notaio che, assunto un atteggiamento molto professionale, dall'elegante ventiquattrore poggiata sulle gambe aveva sfilato sette plichi, il cui aspetto non differiva da quello di documenti contrattuali. Ne aveva passato uno a ognuno e, senza dare il tempo di sfogliarli, aveva anticipato:

"Si tratta della stipula di una scrittura privata tra noi sette che ci impegna a non divulgare alcuna informazione sull'argomento, nonché al rispetto di alcune clausole. Giusto per citarne una a caso, troverete scritto che solo uno potrà eventualmente prendere contatti diretti con parti terzi. Vi invito a leggere tutto con la massima attenzione e manifestare in questa sede ogni modifica ritenuta necessaria. Le potrò apporre seduta stante, se approvate dalla maggioranza. Tra l'altro, nel caso occorresse ristamparle, qualora qui non ce ne fosse una disponibile, nella mia auto ho una stampante. Se invece, come auspico, non dovrà essere operata alcuna correzione, firmate ogni pagina sul bordo laterale e l'ultima di fianco al ruolo assegnato a ciascuno di voi, proprio come vedrete che ho già fatto io. Una volta apposta la vostra firma, passate il plico a chi siede alla vostra destra, prendete quello che vi verrà consegnato da sinistra e firmatelo, per poi procedere come prima. In sostanza, alla fine ognuno dovrebbe avere un plico su cui ci sono le firme autentiche di tutti gli altri".

L'avvocato, sorridendo, non aveva potuto trattenersi dal commentare:

"Nessun problema a seguire le dettagliate istruzioni che ci ha fornito, ma mi preme domandare: che senso ha collezionare sul plico le firme di ciascuno di noi se non ne conosciamo le generalità?"

"La sua obiezione è più che ragionevole; io ho solo fatto quello che mi è stato chiesto".

Nel pronunciare la frase il notaio aveva rivolto lo sguardo all'ingegnere, il quale aveva quindi precisato:

"A tempo debito, progredendo in ordine alfabetico d'incarico, il primo dovrà consegnare copia del proprio documento d'identità al secondo; il secondo al terzo e così via. È abbastanza chiaro per tutti e sufficiente ad attribuire maggior validità a quanto stiamo per firmare?"

L'avvocato aveva annuito, assumendo a quel punto un'espressione soddisfatta.

La riunione era proseguita ancora per oltre due ore, durante le quali erano state ripercorse, una dopo l'altra, le varie fasi del piano. Erano state presto superate alcune perplessità e tutti avevano concordato sull'opportunità di proseguire nell'impresa che, fino a quel momento, era stata solo teorizzata. Invitando i partecipanti a riempirsi un'ultima volta i calici, l'ingegnere aveva proposto un brindisi per suggellare quella unione che avrebbe garantito a ciascun membro del gruppo una somma di denaro talmente cospicua da essere difficile persino da quantificare.

Tra sorrisi e pacche sulle spalle, i sei ospiti si erano avvicinati all'appendiabiti dove ognuno aveva recuperato il proprio cappotto. Chi aveva fatto gli onori di casa, aveva battuto le mani per attirare un'ultima volta l'attenzione e aveva affermato:

"Per fare un aggiornamento di situazione e valutare eventuali modifiche necessarie per fronteggiare novità intercorse nel frattempo, ci rivedremo qui venticinque giorni dopo l'anniversario, alla stessa ora. Buon rientro alle vostre dimore".

Terrazza di una villa sul lago di Como

L'IMPREVISTO

Nella stessa villa, l'anno scorso (maggio)

Quando l'ingegnere aveva posteggiato l'elegante Jaguar all'interno del viale coperto di ghiaia che conduceva all'ingresso della villa, ancora una volta si era compiaciuto per l'occasione che, pochi mesi prima, non si era lasciato sfuggire. Quella dimora prestigiosa apparteneva a un affermato uomo d'affari olandese che la sfruttava per trascorrere soltanto parte dei mesi estivi sulle rive del lago di Como. Mentre un anziano bellagino si occupava della cura dell'ampio giardino, a mantenere l'abitazione sempre pulita e in ordine provvedeva una signora di mezza età, quindi praticamente coetanea dell'ingegnere.

L'aveva conosciuta per pura casualità quando una domenica era partito da Milano con Lorenza, la moglie, per andare a pranzo in un rinomato ristorante di Bellagio. La coppia aveva preso posto sotto un grazioso pergolato, occupando un tavolo sistemato proprio di fianco all'ancora sconosciuta cinquantenne e all'uomo, rivelatosi poi il marito. Data la vicinanza, era stato naturale scambiare qualche opinione, a cominciare dagli apprezzamenti sulla prelibatezza delle portate servite; nella giovialità dell'atmosfera di quella giornata soleggiata, i quattro avevano così avviato una piacevole conversazione.

Nel giro di una mezz'ora le signore avevano scoperto di avere una grande passione in comune per i film *horror* e si erano intrattenute a chiacchierare anche una volta concluso il pranzo. Era stato il marito della cinquantenne a raccontare all'ingegnere di che cosa si occupasse la consorte:

"Oltre a insegnare in una palestra tra Como e Lecco, da diversi anni ha, per così dire, in custodia una splendida villa a due passi da qui. Il proprietario è un imprenditore olandese che ci viene solo un paio di mesi durante l'estate. Mia moglie si occupa di tenerla in ordine per tutto il restante periodo, durante il quale resta praticamente disabitata! Per carità, buon per mia moglie, ma è un vero peccato possedere una villa del genere e non sfruttarla più a lungo durante il corso dell'anno".

Dopo averne sentita la descrizione dettagliata, l'ingegnere aveva intravisto un'opportunità irripetibile; per tale ragione aveva intenzionalmente incoraggiato le due signore, entrate nel frattempo in perfetta sintonia, a scambiarsi i recapiti di cellulare. In seguito, per lui era stato semplice recuperare quel numero dallo *smartphone* della moglie, a sua insaputa. Quando aveva chiamato Sonia – questo il nome della signora che si prendeva cura della villa – da un apposito cellulare, aveva semplicemente detto di essere il marito di Lorenza; al termine di un breve scambio di convenevoli le aveva domandato:

"Crede che ci potrebbe essere la possibilità di farmi utilizzare la dimora che tiene in ordine, senza chiederlo o darne comunicazione al proprietario? Le premetto che ne farei esclusivamente uso serale, saltuario e senza alcun pernottamento".

Sentendo il silenzio dell'interlocutrice, aveva subito aggiunto un'offerta irrinunciabile:

"Per compensare sia il suo disturbo per dover rimettere a posto l'abitazione dopo il mio utilizzo, sia, soprattutto, il rischio che, suppongo, correrebbe nel farmi accedere alla villa all'insaputa dell'olandese, pensavo a una somma pari a cinquemila euro, naturalmente in contanti e anticipati per ciascuna volta".

A quel punto, Sonia aveva domandato con tono sbigottito:

"Mi sta prendendo in giro, vero?"

"Mai stato così serio. Se ritiene che la cifra sia inadeguata sono disposto a riconsiderarla, perché capisco il suo timore che qualche vicino possa fare la spia al proprietario".

"Ma no! Ci mancherebbe altro. E poi che qualcuno la veda entrare o uscire dalla proprietà è improbabile perché la villa è molto isolata".

"In effetti suo marito me lo aveva anticipato".

"Sa, ciò che mi disorienta è che dall'olandese ricevo una cifra del genere per sei mesi di lavoro, mentre lei, se ho ben capito, me la sta offrendo per ogni singola volta che si recherebbe nella villa".

"Ha compreso perfettamente".

"Mi tolga una curiosità".

"Mi dica".

"Perché le serve utilizzare proprio quella villa e non un'altra? In quell'area ce ne sono parecchie quasi sempre vuote".

"Anzitutto tengo a precisare che non sono interessato *proprio* a quella. L'interessamento è semplicemente nato dalla fortunata coincidenza di avervi conosciuti. Quando suo marito me ne ha parlato si è presentata un'opportunità che sarebbe stato stupido non cogliere, a vantaggio sia mio, sia suo, signora Sonia. Comunque, per rispondere in modo più esaustivo alla sua domanda, diciamo che mi serve per esigenze di rappresentanza. Ho dei clienti importanti con i quali dovrò discutere a più riprese la stipula di una serie di contratti che, se andrà a buon fine, mi procureranno un ingente introito. Per tale ragione, vorrei impressionarli positivamente e metterli, per quanto più possibile, a loro agio".

Alla conclusione di una decina di secondi di silenzio, Sonia aveva affermato:

"Senta, mi lasci un po' di tempo per pensare alla sua generosa proposta. Tra qualche giorno farò un colpo di telefono a Lorenza, così, oltre a salutarla, le comunicherò la mia risposta".

"A proposito di mia moglie, Lorenza non deve sapere assolutamente nulla! Non ha idea di come si arrabbierebbe se sapesse come utilizzo parte dei miei guadagni. Le chiedo la cortesia di contattare esclusivamente me a questo numero. Dato che se dovessimo incontrarci di nuovo insieme ai nostri rispettivi coniugi potrebbe venir fuori la questione, sempre per mia tutela sarebbe altrettanto opportuno non farne parola nemmeno con suo marito".

Per rinforzare quanto appena affermato, aveva aggiunto:

"Se ci pensa, ottenendo cinquemila euro in tasca a sua insaputa, potrà spenderli come meglio crede, senza dover rendergliene conto!"

"Su questo ha perfettamente ragione. Come ho detto poco fa, le farò sapere qualcosa nel giro di un paio di giorni".

"Ci conto. Buona giornata".

La mattina seguente l'ingegnere aveva già ricevuto la telefonata di Sonia:

"Buon giorno. Se quanto mi ha proposto ieri è ancora valido, sono disposta ad accettare".

"Benissimo! Non sa quanto la sua risposta mi rende felice. A questo punto ho bisogno di sapere una cosa: quando avrò necessità di andare nella villa di cui, tra l'altro, non ho nemmeno l'indirizzo preciso, quanti giorni di preavviso le occorrono per sistemarla?"

"Un momento: prima di tutto è bene che lei sappia che da metà giugno a metà agosto ci va il proprietario".

"Sì, me lo aveva accennato suo marito e questo non rappresenta un ostacolo ai miei impegni".

"Per il resto dell'anno, mi avvisi il giorno prima e le farò trovare la villa pulita e sistemata a dovere".

"Perfetto. Non immaginavo bastasse un preavviso tanto breve. Per mettermi in contatto con lei utilizzerò sempre questo numero. Come pensa di organizzarsi per consegnarmi le chiavi della villa?"

"Posso lasciarle in un bar che non dista molto da lì ed è aperto fino a tardi".

"No, non voglio che nessuno, a parte lei, mi veda o mi colleghi in qualche modo a quella proprietà".

"Allora dovrebbe evitare di arrivarci la mattina perché tre volte a settimana c'è il giardiniere".

"Va bene, ne terrò conto. Tornando alla questione delle chiavi, mi pare di ricordare che lei abita nei dintorni di Bellagio, giusto?"

"Non proprio: io e mio marito abitiamo a Magreglio. Se conosce la zona è sopra a Bellagio".

"Se per lei va bene, potrei passare a prenderle a casa sua, così, al tempo stesso, le consegnerei anche la somma pattuita. Una volta terminato l'incontro, gliele riconsegnerò in una busta chiusa e potrei anche imbucarla nella cassetta delle lettere, se è d'accordo".

"Certo, mi sembra un'ottima soluzione. Se non fossi a casa quando passa a prendere il mazzo di chiavi, potrei nasconderlo in una cavità all'interno della recinzione della mia villetta comunque accessibile dall'esterno. Lo facevamo spesso quando dovevamo lasciare la chiavi a mia figlia che, altrimenti, si sarebbe trovata chiusa fuori di casa. Sa, qui nel paese non ruba nulla nessuno".

"Immagino. In questo caso, ala restituzione delle chiavi nella busta chiusa troverebbe anche il denaro. Comunque sia, sono dettagli che possiamo definire in seguito, dopo aver stabilito il giorno in cui mi servirà la villa. Le raccomando la riservatezza sull'intera questione".

"Se non le dispiace, anch'io preferirei che non dicesse a nessuno che le sto facendo questo servizio".

"Ci mancherebbe. Stia tranquilla".

Era stato così che due mesi dopo – quand'era la fine di novembre – si erano accordati sulla data del primo utilizzo. L'ingegnere era passato a Magreglio, aveva personalmente ritirato il mazzo di chiavi insieme all'indirizzo della villa e consegnare il compenso per poi proseguire fino a Bellagio. La proprietà, come aveva intuito, era magnifica e superava persino le sue migliori aspettative. Sebbene in quell'occasione non avesse in programma alcuna riunione e ci fosse andato per un sopralluogo, era sua intenzione rimanerci per l'intera serata. Infatti, un'ora più tardi lo aveva raggiunto l'amante, insieme alla quale aveva fatto un lungo bagno nella vasca provvista di idromassaggio, indugiando fino a notte fonda in sua compagnia.

Sulla via di ritorno a Milano, come da accordi aveva depositato nella cassetta delle lettere la busta contenente il mazzo di chiavi e un messaggio di ringraziamento.

La medesima procedura si era ripetuta a distanza di un paio di mesi, quando, a febbraio, aveva convocato i sei professionisti per la prima riunione e lo stesso era avvenuto quella sera in cui era fissato il secondo incontro. Come la volta precedente, lo aveva raggiunto l'amante, con la quale si era intrattenuto per qualche ora, condividendo momenti di piacere e di *relax*. In quell'occasione, come nei successivi incontri trasgressivi avvenuti, prima di ogni riunione, nella prestigiosa residenza, l'aveva accompagnata alla soglia con abbondante anticipo rispetto all'arrivo degli invitati, promettendole che si sarebbero rivisti nel giro di pochi giorni.

I sei professionisti, come nell'incontro avvenuto tre mesi prima, erano giunti con estrema puntualità. Dopo essere stati accolti dall'ingegnere, si erano accomodati nel soggiorno, occupando, senza che ciò fosse stato concordato, i medesimi posti su cui si erano sistemati la volta precedente. Alla conclusione di brevi convenevoli, l'avvocato aveva subito portato alla luce una problematica recentemente emersa:

"In sostanza, la società proprietaria del locale commerciale di nostro interesse ha ritirato l'incarico originariamente affidato all'agenzia che si occupava della locazione. Ovviamente, il titolare della stessa non mi ha voluto indicare quella concorrente cui è stato affidato il nuovo incarico, ma ha pensato bene di propormi altri negozi. Del resto, non lo biasimo: ha tentato semplicemente di fare il suo lavoro".

"Se non possiamo affittare quel negozio è una bella complicazione! Renderebbe praticamente irrealizzabile l'intero progetto, salvo il geometra non estragga dal cilindro un altro locale collocato proprio sopra a quel cunicolo scavato dai Romani".

All'esclamazione dell'architetto, il geometra, scuotendo il capo, aveva detto:

"Purtroppo il passaggio sotterraneo coincide unicamente con la dislocazione di quel particolare negozio".

L'ingegnere aveva domandato:

"Avvocato, nel frattempo spero abbia scoperto quale agenzia adesso sta trattando la locazione".

"Guardi, sulla saracinesca del negozio è rimasta la pubblicità di quella vecchia e non c'è alcun altro recapito. Temo che la società titolare dell'immobile abbia cambiato idea e intenda farci altro".

Il commercialista aveva domandato:

"Non c'è modo di sapere a chi appartiene quel locale ancora vuoto?"

"Ho provato in tutti i modi a farmelo dire dal titolare dell'agenzia immobiliare ma non c'è stato verso".

"Attraverso il catasto?"

"Ho già controllato e credo che i dati registrati non siano stati aggiornati, cosa abbastanza frequente".

Era intervenuto il notaio, osservando:

"Poiché questo rappresenta un *caveat*, una limitazione che può far crollare i nostri piani, ritengo che alla questione debbano essere dedicate la massima attenzione e tutte le risorse necessarie, affinché venga superata. Io mi occuperò di compiere una ricerca storica attraverso i registri immobiliari e, nel frattempo, si potrebbe interpellare l'Agenzia delle entrate".

L'ingegnere aveva commentato:

"Sono pienamente d'accordo e sposo la sua iniziativa. C'è qualcuno che ha dimestichezza con l'Agenzia delle entrate per sondare anche questa via?"

Aveva rivolto lo sguardo, non a caso, al commercialista che, sentendosi in qualche modo chiamato in causa, aveva detto:

"Conosco una persona che forse potrebbe fornirmi le informazioni, però, al momento, non sono in grado di garantire nulla".

Aveva ripreso la parola l'avvocato per affermare:

"Supponendo di riuscire a risalire alla società proprietaria dell'immobile, quali sono le successive azioni da intraprendere? Voglio dire: se non hanno più intenzione di affittarlo e fossero invece disposti a metterlo in vendita, devo avanzare un'offerta?"

I presenti si erano guardati a vicenda con espressioni perplesse. A parlare per tutti era stato l'architetto:

"I fondi versati da ciascuno di noi sul conto in criptovaluta sicuramente non sono sufficienti per fare un'offerta. Si potrebbe valutare di incrementarli, con l'intento di rivendere l'immobile una volta esaurita la sua funzione. Personalmente, però, lo ritengo un investimento più che azzardato".

L'elettricista, rimasto in silenzio fino a quel momento, aveva condiviso il proprio punto di vista che inquadrava la situazione da una prospettiva differente:

"Forse stiamo ipotizzando scenari troppo drastici. Ci possono essere le ragioni più disparate per cui al momento il negozio è stato ritirato dal mercato degli affitti. Ricordiamo che è intestato a una società e forse qualcuno dei soci non è rimasto soddisfatto dal canone prospettato dall'agenzia immobiliare dopo che l'abbiamo contattata. Non dimentichiamo che, alla fin fine, quel locale è vuoto è da diversi e, probabilmente, in tutto questo tempo siamo stati gli unici a manifestare un reale interesse".

Il notaio aveva domandato:

"Riesco a seguire il suo ragionamento ma non capisco dove vuole arrivare".

"Intendo dire che forse la società ha tolto l'incarico all'agenzia cui ci siamo rivolti perché vuole prendersi un po' di tempo per cercarne una confacente alle esigenze o aspettative dei soci in termini di guadagno. Quindi è possibile che nel giro di qualche giorno o settimana il negozio appaia di nuovo tra le inserzioni dei locali commerciali in affitto".

"Benché, in effetti, non è da escludere che sia solo questione di tempo, ritengo comunque opportuno muoversi in ogni direzione per prevenire una stagnazione del nostro piano. In ogni caso, non intravedo alcuna alternativa valida e percorribile per la sua realizzazione".

Le teste dei professionisti avevano annuito alla considerazione espressa dall'architetto che aveva poi aggiunto:

"Visto che siamo qui riuniti, proporrei di riesaminare ancora una volta il progetto e il ruolo ricoperto da ognuno di noi per controllare che, oltre a quanto esposto dall'avvocato, non siano subentrati altri inconvenienti o variazioni significative allo *status quo*".

Riesaminando punto per punto le fasi dell'ambiziosa impresa, quando si era parlato del posizionamento dei generatori *diesel* di corrente, uno davanti alla banca e l'altro sul retro, l'elettricista aveva domandato:

"Dato che, probabilmente, alla prima riunione mi è sfuggito, chi si occupa di procurare i due gruppi elettrogeni?"

Gli altri sei lo avevano guardato con espressioni quasi allibite, poiché avevano dato per scontato che fosse proprio lui la persona più adatta a farsene carico. Resosi conto di quella che appariva come un'ovvietà, aveva commentato:

"Ho fatto bene a domandare: non ho problemi a occuparmene personalmente. Però, oltre a decidere se acquistarli o noleggiarli, bisogna mettere in conto anche un camion per il loro trasporto".

Il commercialista aveva domandato:

"A quanto potrebbe ammontare la spesa per l'acquisto?"

"Per fungere da riserva nel caso l'erogazione di corrente elettrica cittadina dovesse essere interrotta, ciascun generatore deve fornire una potenza in uscita di una trentina di chilowatt. Il costo di uno nuovo con tali caratteristiche si aggira intorno agli ottomila euro. L'usato parte dalla metà del prezzo a scendere".

"Mi sembra una spesa eccessiva per il limitato utilizzo che ne dovremo fare".

L'elettricista aveva concordato dicendo:

"Infatti, personalmente propenderei per il noleggio".

L'architetto era intervenuto osservando:

"Quindi, da quanto ho capito poco fa, occorre un altro mezzo per trasportarli. Mi faccia sapere quali caratteristiche deve avere e provvederò a procurarlo".

"Posso fornirgliele subito: un gruppo elettrogeno è come una grossa scatola di circa due metri per uno e uno di altezza. Poiché il peso a secco si aggira intorno agli ottocento chili è indispensabile che il mezzo sia fornito di rampa mobile per il carico e lo scarico. Inoltre, anche se i generatori di solito sono dotati di ruote, non tutti sono provvisti del sistema per lo spostamento assistito. Pertanto, almeno finché non li avrò individuati, bisogna anche considerare che serviranno almeno un paio di persone per metterli in posizione. Uno, ovviamente, potrei essere io e l'altro potrebbe anche coincidere con il conducente del mezzo".

"Ottimo. Aggiungo questa novità alla mia lista della spesa".

A quanto concluso dall'architetto era seguita la domanda rivolta dall'ingegnere all'elettricista:

"Quanto tempo occorrerà per trovarne due a noleggio adatti alle nostre esigenze?"

"Salvo circostanze imprevedibili, una settimana dovrebbe bastare".

"Non mi piacciono i condizionali. Anche se sprecheremo dei soldi, quei gruppi elettrogeni devono essere noleggiati e disponibili almeno venti giorni prima di quando ci occorreranno".

"In questo caso, non ci sarà alcuna difficoltà".

L'organizzatore della riunione, rivolgendosi genericamente a tutti, aveva chiesto:

"Preso atto della problematica portata alla nostra attenzione dall'avvocato, con riferimento alla vostra attività, ai vostri impegni di natura personale o professionale, alle eventuali difficoltà dal punto di vista economico, qualcuno ha degli impedimenti che diverrebbero critici qualora il progetto dovesse slittare di vari mesi, pur rimanendo invariato nelle modalità?"

Era seguito un brusio di voci e, prima che qualcuno si esprimesse personalmente o a nome di tutti, aveva aggiunto:

"Prendete il tempo che vi serve: io intanto vado a fumare un sigaro".

Rivolgendosi al notaio aveva domandato:

"Vuole farmi compagnia?"

"Volentieri".

Rimasti per oltre un quarto d'ora sulla splendida terrazza affacciata sul lago, quand'erano rientrati l'atmosfera era più rilassata di quanto immaginassero. L'architetto aveva esordito dicendo:

"A quanto pare, anche se posticipassimo l'impresa all'anno prossimo, non rappresenterebbe un problema per nessuno, a esclusione di voi due, naturalmente, dato che non eravate qui".

Entrambi avevano prontamente risposto, in modo disgiunto:

"A me non crea alcuna difficoltà".

"*Idem*".

I sette partecipanti alla riunione si erano intrattenuti per un'altra ora, dissertando prevalentemente sul piano riesaminato nei dettagli. L'architetto, l'avvocato e l'ingegnere erano giunti alla conclusione che se, fino a quel momento, la società proprietaria del locale commerciale non aveva più manifestato intenzione di affittarlo, era improbabile che agisse in tal senso durante i mesi caldi, quando il mercato per tale tipologia di locazioni diveniva stagnante. Alla luce di quanto ipotizzato, avevano richiamato l'attenzione degli altri e concordato con loro che fosse inutile rivedersi prima di settembre. Per tale ragione, avevano stabilito di ritrovarsi nella stessa residenza a fine estate, ossia centosessanta giorni dopo l'anniversario, quando la situazione del locale commerciale, per uno o per l'altro verso, si sarebbe presumibilmente chiarita. Conclusa la riunione, i sei ospiti si erano avviati verso le proprie abitazioni.

Rimasto solo, l'ingegnere aveva dato un'occhiata per controllare di non dimenticare nulla nella villa ed era uscito respirando a pieni polmoni l'aria della notte, ancora frizzante nonostante fosse primavera inoltrata. Varcato l'imponente cancello con la propria autovettura, si era fermato per assicurarsi che l'impianto di allarme fosse rientrato in funzione. Poi si era messo al volante e diretto a Magreglio, dove aveva restituito il mazzo di chiavi, unitamente a un messaggio inserito nella stessa busta, richiusa e depositata nella cassetta delle lettere della dimora di Sonia.

Mentre guidava verso Milano aveva raccolto le idee, considerandosi nel complesso soddisfatto di come fosse stato deciso di affrontare il grave imprevisto. Era fiducioso che la questione che, al momento, impediva l'utilizzo del negozio, fondamentale per la realizzazione del piano, si sarebbe evoluta in modo positivo.

In effetti, nell'incontro successivo, avvenuto come stabilito la sera del 10 settembre, le novità presentate *in primis* dall'avvocato erano state estremamente confortanti. Proprio all'inizio del mese era stato nuovamente pubblicato un annuncio di locazione del negozio, affidato a una nota agenzia in *franchising* con cui aveva già preso contatti per avviare la trattativa affittuaria.

Sebbene fosse stato vanificato lo sforzo compiuto dal commercialista – riuscito tramite l'Agenzia delle entrate a determinare quale società versasse i tributi per la proprietà del locale – nonché dal notaio – che aveva ottenuto il medesimo risultato dai registri immobiliari – conoscere chi fosse la società titolare dell'immobile prima della stipula del contratto di locazione avrebbe comunque potuto tornare utile.

Dunque il piano aveva ripreso a procedere. Compiuti alcuni aggiustamenti dovuti a piccole variazioni avvenute nel corso dell'estate, era stata fissata la riunione successiva, presumibilmente la penultima, ottantatré giorni prima dell'anniversario, ossia il dieci gennaio dell'anno seguente.

Un gruppo elettrogeno

LA NOTIZIA

STAZIONE DEI CARABINIERI DI ASSO,
QUEST'ANNO (POMERIGGIO DEL 22 GENNAIO)

Si è appena conclusa l'intensa settimana durante la quale gli appuntati Rizzo e D'Angelo hanno pedinato l'elettricista Vincenzo Schiaffina per osservare e conoscere le sue abitudini e frequentazioni. Tagliaferri convoca la coppia di appuntati nel proprio ufficio.

"Entrate pure e accomodatevi".

Preso posto sulle due sedie di fronte alla scrivania, Rizzo guarda alternativamente il proprio comandante e il collega senza però proferire parola. Dato che il silenzio si protrae è il maresciallo a parlare:

"Anzitutto vorrei ringraziarvi per l'impegno profuso per portare a termine il duro incarico che vi ho assegnato. Sono lieto che non ci siano stati inconvenienti e siate riusciti a gestire i turni senza difficoltà. Adesso, senza che uno di voi due debba stilare una relazione scritta, potreste dirmi cosa avete scoperto?"

Il primo a rispondere è Rizzo, sfilando dalla tasca della giacca un corposo taccuino, comincia a leggerlo ad alta voce:

"*Oggi 15 gennaio alle ore otto e trenta lo Schiaffina è asceto dall'abitazione d'isso stesso, in via Scuri al civico ventuno. Pigliata l'auto se n'è juto in direzione Erba. Arriva 'lloco quindici minuti chiù tardi. Conduce il mezzo, una Peugeot blu che il mariscià già sa, mantenendo i limiti di velocità. Posteggia dintr'o' centro commerciale, dov'isso stesso accatta du' scatoli di spaghetti, marca Barilla, 'nu barattolo di pummarola, marca...*"

Tagliaferri lo interrompe bonariamente:

"Rizzo, grazie per essere così dettagliato nel resoconto. Quello che mi preme sapere da entrambi è se Schiaffina ha avuto atteggiamenti inusuali o frequentazioni ambigue".

I due appuntati si guardano per qualche istante e D'Angelo domanda:

"*In che senso, mariscià?*"

"Ha incontrato individui loschi o persone in orari strani, come ad esempio molto tardi la notte o la mattina prestissimo, si è recato a casa di qualcuno o ha ricevuto delle visite notturne? Questo genere di particolari potrebbe essere importante".

Rizzo, avendo coperto i turni diurni, afferma:

"*Chillo n'ha fatto nulla di strambo, se non buttare 'nu sacch'i sordi alle macchinette*".

"Un sacco di soldi a quanto corrisponderebbe approssimativamente?"

"*Almeno 'na cinquantina d'euri al juorno e in tutta la settimana se n'ha vinti 'nu centinaio a dire assai*".

"Quindi un bilancio ampiamente negativo, di almeno duecentocinquanta euro. Buon per lui se può permettersi di buttare un migliaio di euro al mese alle *slot machine*!"

"*Uà, mariscià. Aggio ritto che ne ha spesi 'na cinquantina a juorno: come facisse a'arrivà a mille?*".

"Rizzo, facendo due conti, se ha speso cinquanta euro al giorno, in un mese sono millecinquecento. Vincendo qualche volta, riduce le perdite a un migliaio di euro. Adesso le torna?"

"*Tenete ragione, mariscià!*"

"A parte il vizio del gioco, nessuna anomalia?"

"*No, chillo non tiene alcun animale dentro casa e 'nfatti non ha mai accattato crocchè pe' cani o gatti*".

"Bene, annoto anche quest'informazione, anche se veramente volevo sapere se, gioco d'azzardo a parte, non ha abitudini che si allontanano dal consueto, dal normale".

"*Mariscià, chillo che ha detto è 'na domanda o n'affermazione?*"

"Lasci perdere. Che lavora come libero professionista lo so già. Ha molti clienti? Lavora tanto durante la settimana?"

"*Parecchi'assai. Con il di lui furgone s'è spostato per travagliare in varie case, anche a Canzo*".

"Mi risulta che al momento non abbia alcuna fidanzata, giusto?"

"*Io, almeno durane lo juorno n'aggio notato alcuna guagliona che stava co' isso. Per la notte dovete chiedere a D'Angelo*".

Aveva indicato il collega seduto alla sua destra che aveva subito confermato:

"*A casa mai nisciuna. Tutte le sere, tranne sabato, se n'è juto a dormì che erano manco le dieci, pecchè le imposte delle feneste le ha chiuse sempre a chell'ora là*".

"Invece nella serata di sabato è uscito, giusto?"

"*Precisamente, mariscià. Chill'è ascito da casa ch'erano le nove. Ha pigliato la macchina e se n'è juto a Erba dov'è trasutu dintra o' pub che sta arrietu chilla chiesa col campanile*".

"Detto così è un po' difficile individuare di quale pub sta parlando: la maggior parte delle chiese ha un campanile..."

"*Tenete ragione. Chilla chiesa che sta de rimpiettu alla piazza dove che si tiene o' mercato*".

"Adesso ho capito qual è: la chiesa di Sant'Eufemia e conosco il locale dov'è andato. Una volta entrato ha incontrato qualcuno?"

"*Ha giocato 'nu poco co' le macchinette, poi s'è vevuto 'na birra e ha cumenzato a chiacchierare co' 'na guaglioncella carina assai. Ma dopo 'n poco chilla s'è scucciata e se n'è juta. L'elettricista s'è pigliato n'altra birra, è restato ancora n'ora buona e poi se n'è juto a casa d'isso stesso ch'era da poco passata l'una*".

"Insomma, mi state dicendo che vi ho fatto stare giorno e notte appresso all'elettricista per nulla?"

"*Mariscià, scusate, ma né io, né il qui presente Rizzo ci siamo lamentati di nulla: perché ve la prendete con noi?*"

"State sereni: non me la sono presa affatto con voi! È che se ho un sentore ma non trovo alcuna conferma, mi rimane il sospetto e non riesco a capacitarmene finché non emerge qualche dato oggettivo che mi smentisce o, al contrario, prova che ho ragione. È solo questo il problema: un sospetto è più di una certezza!"

"*Mariscià, sinceramente parlando, n'aggio capito 'na mazza*".

"Non si preoccupi, non c'era nulla d'importante da capire: stavo solo facendo delle riflessioni personali. Mi dispiace avervi impiegato in queste turnazioni faticose dalle quali, purtroppo, non è emerso nulla di utile".

"*Non vi preoccupate: se voi tenete 'nu sospetto su chillo guaglione, prima o poi isso 'nu passo falso lo facisse*".

"È quello che auspico. Adesso potreste chiamarmi il vicebrigadiere?"

"*Prontamente, mariscià*".

Poco dopo entra Esposito che viene invitato a sedersi.

"Vicebrigadiere, se la sente di fare una ricerca internet?"

"*Sicuramente, mariscià. Ch'aggia cercare n'coppa alla rete?*"

"Dovrebbe controllare e riportarmi tutto quello che trova, specialmente sui *social network*, su Vincenzo Schiaffina".

"*Parlate sempre di Viciè l'elettricista, giusto?*"

"Sì, esatto".

"*Scusate se mi permetto, ma mi sembrate 'nu poco fissato co' chisto guaglione*".

"Un approfondimento non costa nulla e non nuoce a nessuno".

"*Certamente, mariscià*".

"Io adesso faccio un salto a Erba per fare due chiacchiere con il proprietario di un pub. Mi può far sapere dopopranzo quello che ha trovato".

"*Mariscià, scusasse se ve lo dico, ma i pub di solito stanno aperti la sera solamente*".

"Grazie per l'informazione, ma quello in cui mi sto recando non è chiuso perché serve anche pranzi di lavoro".

Dopo aver indossato abiti civili si mette al volante della sua biposto rossa fiammante e guida fino a Erba, posteggiando proprio di fronte al pub. Una volta entrato, chiede del titolare.

"Salve, ce l'ha proprio di fronte: sono io. Come posso esserle utile?"

"Piacere. Sono un po' in imbarazzo perché devo chiederle una cosa abbastanza futile e non vorrei portarle via tempo prezioso".

Il titolare, guardandosi intorno, afferma:

"Non si preoccupi: ormai l'orario di punta è passato e ai tavoli sono rimasti pochi clienti. I miei ragazzi se la sapranno cavare se le dedico un po' di tempo".

"Ecco, mia nipote, la figlia di mia sorella, lo scorso sabato sera è venuta addirittura da Varese, dove abita, fin qui nel suo pub. Ha conosciuto un ragazzo, sui venticinque anni, che le ha detto di chiamarsi Vincenzo e sa soltanto che si occupa di elettricità. Ci terrebbe a incontrarlo di nuovo e, diversamente da quanto pensava, sui *social* non è riuscita a trovare modo per contattarlo. Sa che io spesso vengo a Erba per lavoro e mi ha chiesto la cortesia di passare qui al pub perché vorrebbe solo sapere se questo Vincenzo è un frequentatore abituale del suo locale. Non vorrebbe rischiare di venire a vuoto da Varese fin qui per cercarlo".

"Mi ci faccia pensare un momento, perché conoscendo solo il nome non è semplice. Anzi, aspetti che chiedo anche ai ragazzi".

Li chiama attorno a sé e domanda:

"Qualcuno di voi conosce un certo Vincenzo, sui venticinque che, probabilmente, fa l'elettricista?"

Una cameriera annuisce e, a sua volta, chiede:

"Per caso è di Asso, sul metro e ottanta, capelli rossi e occhi chiari?"

Tagliaferri risponde:

"Potrebbe essere lui. Di solito quando viene qui?"

"Lo vedo quasi tutti i sabati sera: passa un po' di tempo ai videopoker, ordina una birra e ritenta la fortuna questa volta con qualche ragazza. Però, nonostante sia un bel tipo, ho l'impressione che ci sappia fare gran che".

Interviene il titolare per osservare, con acuta ironia:

"Cristina, se mentre lavori sei così brava da trovare anche il tempo per notare quello che fanno i clienti, dovrei assegnarti qualche tavolo in più rispetto agli altri!"

Il maresciallo sorride alla battuta, poi ringrazia per la disponibilità e si incammina verso l'automobile posteggiata a poca distanza. Rientrato in caserma trova, come immaginava, un piccolo plico di fogli ad attenderlo sulla scrivania.

"*Del resto dovevo aspettarmelo non avendogli detto di non stampare nulla*".

Mentre compie mentalmente tale considerazione indossa di nuovo l'uniforme e chiama Esposito nel suo ufficio:

"Grazie per la ricerca. Non occorreva stampare tutto, sacrificando così un altro pezzetto di foresta amazzonica".

"*Mariscià, se permettete, tutte le volte che fate riferimento a chilla foresta amazzone non capisco che c'azzecca con quando faccio 'na stampa*".

"Niente, era così per dire. Prima di cominciare a esaminare questi fogli, potrebbe farmi una sintesi delle notizie significative trovate in rete?"

"*In che senso, mariscià?*"

"Schiaffina è un soggetto molto attivo sui *social*?"

"*E io che ne saccio?*"

"Forse sono io a non essermi espresso in modo chiaro. Ha tanti contatti e amicizie? Scrive spesso *post* pubblici, dei messaggi?"

"*Adesso aggio capito. Sta tutto in coppa alla stampa, mariscià: la lista dell'amicizia, i poster che chillo ha posterato e pure qualche fotografia d'isso stesso in giro per l'Italia*".

Tagliaferri ironizza commentando:

"In effetti, i *post* li ha probabilmente scritti anche per i posteri".

"*Come dite, mariscià?*"

"Nulla d'importante. Grazie ancora per l'ottimo lavoro svolto, come sempre, del resto. Vada pure".

Mentre sfoglia con attenzione le varie pagine, senza peraltro trovare nulla che colga la sua attenzione, squilla il cellulare e, letto il nome apparso sul *display*, risponde con entusiasmo:

"Carissimo Adriano, come stai? Sei già rientrato dalla vacanza con tua figlia?"

"Sì, siamo tornati a Roma ieri sera".

"Da dove di bello?"

"Abbiamo trascorso qualche giorno a Budapest. Ci sei mai andato?"

"Qualche anno fa. Una splendida città, sfarzosa e moderna allo stesso tempo".

"Hai avuto modo di andare anche in uno degli impianti termali?"

"No, perché quando ci sono stato era piena estate e con l'afa che soffocava la città l'idea di andare a immergermi nell'acqua calda non era affatto invitante".

"Be', posso capirlo. D'inverno è tutta un'altra atmosfera e ne vale proprio la pena. Gironzolare in costume tra le piscine all'aperto, avvolte da nuvole di vapore mentre sta nevicando, è un'esperienza davvero memorabile".

"Immagino".

"Senti, mentre eravamo in Ungheria ho parlato di te ad Arianna, accennando alla possibilità di fare insieme un salto dalle tue parti e ne è proprio entusiasta".

"Questa sì che è una gran bella notizia! Quando avete intenzione di arrivare?"

"Quand'è meglio per te, perché dovresti trovare un po' di tempo da dedicarle per la tesina di cui ti dicevo".

"In linea di massima non ci sono giorni migliori o peggiori: organizzatevi liberamente come volete".

"Davvero?"

"Sì. Anche se arrivaste, tanto per dire, domani, non sarei comunque in grado di garantire ad Arianna di passare insieme un paio d'ore senza essere interrotto da qualche chiamata in caserma. E lo stesso vale per gli altri giorni. Dunque è assolutamente indifferente".

"Ne parlo con lei e ti faccio sapere oggi stesso, anche perché non le rimangono tantissimi giorni prima di rientrare a New York".

"Va bene. Aspetto la tua chiamata".

Appena Tagliaferri interrompe la telefonata gli viene un'idea, sebbene azzardata, che potrebbe essere messa in pratica se Lochis e figlia si trattenessero in Brianza a cavallo del *weekend*. Non ha l'opportunità di proporglielo perché quando, a distanza di un paio d'ore, viene ricontattato dal colonnello, gli viene detto:

"Roberto, se davvero per te non fa differenza e non hai altri impegni potremmo essere lì venerdì pomeriggio, cioè dopodomani per poi ripartire domenica. Cosa ne dici?"

"È perfetto! Come arrivate? In treno o in aereo?"

"In treno e da Milano possiamo proseguire per Asso prendendo quel trenino che mi pare parta da un'altra stazione collegata a Centrale con la metro".

"Sì, è Cadorna oppure Affori. Se sarò libero verrò con piacere a prendervi a Milano, ma dovremo aggiornarci venerdì stesso. Fammi comunque sapere l'orario di arrivo a Centrale".

"Appena compro i biglietti ti mando un messaggio".

Il maresciallo aggiunge:

"Ovviamente, potete dormire nel mio appartamento, se per te non è un sacrificio accontentarti del divano, dato che la camera degli ospiti la lascerei a tua figlia e nella mia ci sono molti documenti che mi occorrono".

"Non sarebbe affatto un sacrificio, ma preferirei andare in un *bed and breakfast* in modo da essere tutti più indipendenti".

"Se è davvero questo il motivo, non insisto. Se invece ci vuoi andare per non disturbare..."

"No, lo sai che non faccio complimenti".

"Te ne posso consigliare qualcuno?"

"Magari, grazie".

Gli detta un paio di nomi e numeri di telefono di alloggi non distanti dalla sua abitazione e ubicati nella parte più caratteristica del paese, affacciata sul fiume Lambro. Prima di terminare la conversazione, Tagliaferri anticipa al colonnello:

"Anche se immagino non abbia preso impegni di alcun genere, potresti dire ad Arianna di tenersi libera sabato sera?"

"Roberto, cos'hai in mente? Vuoi farle conoscere qualche tuo nipote di cui non mi hai parlato? Sto scherzando, naturalmente".

"Diciamo che vorrei organizzarle una serata con gente un po' più giovane di noi. Del resto credo se lo meriti, no?"

"Sì, ma non dimenticare il motivo principale per cui verrà lì con me: non per divertirsi ma per attingere dal tuo sapere".

"Ed io, se a te e, soprattutto, a lei sta bene, in cambio le chiederò un piccolo favore".

"Un favore?"

"Vi spiegherò tutto dopodomani".

Conclusa la telefonata Tagliaferri prende un foglio su cui comincia a scrivere una serie di domande da porre a Vincenzo Schiaffina se gli si presentasse l'opportunità di entrare in confidenza con lui. Poiché non solo l'oggetto dei quesiti, ma anche la loro formulazione potrebbe condizionare le risposte dell'individuo cui vengono rivolti, cancella, riscrive, modifica e accorcia più volte le frasi, finché non si reputa soddisfatto.

Dalla pagina piena di correzioni trascrive le domande al computer, numerandole e aggiungendo un commento per ciascuna. Invia il *file* alla stampante e, prima di riporre il foglio nel cassetto, o rilegge:

1) QUALI SONO IL TUO PEGGIOR DIFETTO E IL TUO MIGLIOR PREGIO? – Per sondare il livello di sincerità e confidenza; un suo difetto noto (o debolezza) è il vizio del gioco d'azzardo.

2) HAI PROGETTI PER IL FUTURO O QUELLO CHE FAI TI SODDISFA GIÀ ABBASTANZA? – Per stimolarlo a raccontare qualcosa sulla sua professione (elettricista) e su come cambierebbe vita se diventasse improvvisamente ricco.

3) HAI QUALCHE PASSIONE O *HOBBY*? – Altra occasione per parlare del gioco d'azzardo o scoprire doti che non sono emerse dalle ricerche.

4) SE VINCESSI ALLA LOTTERIA O AL SUPERENALOTTO QUALE SAREBBE LA PRIMA COSA CHE FARESTI? – Per capire come, compiuto l'atto criminoso sospetto, potrebbe preparare la fuga o quali azioni intraprenderebbe.

5) COME O DOVE TI VEDI TRA CINQUE ANNI? – Per avere conferma o smentita di progetti evidentemente non destinati a rimanere solo sogni.

Erba – Chiesa di Sant'Eufemia

LA VELOCITÀ

Nel triangolo lariano,
24 gennaio

I due Lochis, padre e figlia, giungono puntuali alla stazione di Milano Centrale e ad accoglierli c'è Tagliaferri. Dopo essersi presentato ad Arianna, il maresciallo conduce i neoarrivati all'automobile; notando un mezzo differente da quello visto l'ultima volta, il colonnello domanda:

"Hai rinunciato alla tua grintosa auto sportiva?"

"No, la Mazda ce l'ho sempre! L'ho scambiata per l'intero *weekend* con questa, perché la mia è biposto e non ci saremmo entrati tutti. È di un mio caro amico e credo che nello scambio ci abbia guadagnato lui!"

"Indubbiamente!"

Divincolandosi nell'intenso traffico intorno alla stazione, incrementato anche da un concomitante sciopero dei mezzi pubblici, il carabiniere dirige verso la Brianza. Mentre viaggiano la conversazione tra i due uomini è tale da coinvolgere anche Arianna, ben impressionata dalla vista dell'arco alpino che comincia a delinearsi all'orizzonte, oltre il parabrezza.

"Arriveremo ad Asso tra una mezz'ora al massimo perché non dovremmo trovare più traffico. Sei mai stata da queste parti?"

"Solo a Milano e ho visto le principali attrazioni della città, ma non sono mai stata sul lago di Como".

Rivolgendosi al colonnello, Tagliaferri domanda:

"Le hai spiegato che non abito proprio sul lago?"

"Sì, certo. Spero comunque di trovare il tempo e il modo per fare una breve escursione".

"Già stasera ho intenzione di portarvi a cena a Bellagio e domani potreste andare a Como".

Arianna afferma:

"Volentieri".

"Dopo che tu e Adriano vi siete sistemati nel *bed and breakfast*, se non sei troppo stanca io sono a tua disposizione per rispondere a tutte le domande che vuoi pormi e chiarire ogni tua curiosità per la tesina".

"In effetti, se riuscissi a raccogliere già stasera le informazioni di cui ho bisogno, domani sarei completamente libera, specie mentalmente, intendo. Sei davvero gentilissimo".

"Per così poco".

Poi, ridendo, aggiunge:

"Il tuo papà ti ha riferito che però c'è un obolo da pagare?"

"Mi ha solo detto di non prendere impegni per domani sera, anche era difficile averne".

"Ora ti spiego e poi, con la massima tranquillità, mi dirai se sei disposta a darmi una mano o no".

Tagliaferri, mentre è al volante, racconta ai passeggeri i forti sospetti che nutre nei confronti del giovane elettricista e l'impossibilità di svolgere alcuna indagine approfondita, stante il protrarsi dell'attesa della ricezione dell'autorizzazione alle intercettazioni ambientali.

Lochis, una volta appresa l'intera situazione e i sospetti dell'amico sull'elettricista, commenta:

"Non ho capito come mia figlia potrebbe esserti di aiuto in questa faccenda che, come tu stesso hai precisato, è basata solo su supposizioni ancora da verificare".

"Che al momento siano solo mie ipotesi hai pienamente ragione. Però, esperienza insegna a non ignorare il mio sesto senso e l'altro giorno mi è venuta un'idea per cui Arianna è la persona giusta a realizzarla".

Quasi in coro, padre e figlia, pendendo dalle labbra del carabiniere, domandano:

"E quale sarebbe?"

"In sostanza, lei e quel ragazzo, di cui vi ho raccontato molte cose, sono grosso modo coetanei. Il sabato sera frequenta abitualmente un pub e, come del resto normale, non gli dispiace cercare di fare nuove conoscenze femminili. Sembra anche che in tal senso non abbia molta fortuna o successo. Arianna dovrebbe soltanto avviare una semplice conversazione con lui, cercando di porgli alcune domande specifiche che ho attentamente selezionato. Attraverso le risposte ricevute, poi io potrei farmi un'idea più precisa se i miei sospetti sono fondati o se, al contrario, sto prendendo un granchio".

Arianna, ancor più interessata, chiede:

"Dovrò indossare dei microfoni nascosti come si vede nei film?"

"No, nulla di tutto questo. Potrai comportarti come normalmente fai in compagnia di ragazzi della tua età. Basta che memorizzi le domande che ho preparato e le risposte che ti darà lui. Quando ne hai abbastanza di stare a chiacchierare con lui, fai uno squillo a me o Adriano e veniamo a prenderti".

"Detto così, non mi sembra affatto complicato".

"E a me non sembra rischioso".

Dopo la precisazione fatta dal padre, Arianna domanda:

"Come faccio a riconoscerlo?"

"In caserma ho le immagini scaricate dal suo profilo di uno dei *social network* che utilizza".

"Se mi dici a quale *social* ti riferisci, con il nome e cognome posso guardarlo adesso sullo *smartphone*".

"Ma certo! Non ci avevo pensato".

Curiosa di vedere quale aspetto abbia, Arianna controlla subito il profilo di Vincenzo Schiaffina e, ridendo, qualche minuto più tardi afferma:

"Devo dire che sono fortunata: dalle foto sembra un bel ragazzo e questo renderà sicuramente la conversazione più spontanea!"

Un'ora dopo che padre e figlia si sono sistemati nel grazioso alloggio prospiciente il fiume Lambro, attraversano a piedi il centro storico di Asso e raggiungono la non distante caserma comandata da Tagliaferri, dal quale vengono ricevuti personalmente nell'atrio. Presenta il vicebrigadiere e i due appuntati ai Lochis, esclamando alla fine:

"E i miei tre validissimi collaboratori che avete appena conosciuto costituiscono l'intera squadra che, per così dire, alleno!"

Sorpreso, il colonnello chiede:

"Riuscite a gestire l'intero territorio di vostra competenza pur essendo solo in quattro?"

"Volenti o nolenti, al momento questa è la situazione. Dal comando provinciale di Como mi è stato promesso che presto invieranno almeno un'altra unità".

"*E sarebbe pure ora, mariscià, se non volissero che continuiamm' a schiattà!*"

"Non fatevi illusioni: finché non vedrò con i miei occhi un nuovo carabiniere varcare quel cancello, io non ci credo!"

Dopo la propria esternazione, Tagliaferri, con fare affabile, afferma:

"Arianna, se vuoi accomodarti nel mio ufficio vediamo come posso rendermi utile per la tesina. Adriano, se vuoi ovviamente c'è posto anche per te; oppure potresti intrattenere i miei ragazzi raccontando qualche aneddoto della tua professione, sempre se non preferisci tornare al *bed and breakfast*".

Poi, rivolgendosi a Esposito, aggiunge:

"Sa, Adriano è un colonnello dell'Aeronautica militare ed è un pilota di aerei a reazione".

È però Rizzo a esclamare:

"*Uanema, mariscià! Dite sul serio che porta i jet o ci state pigliando in giro?*"

"Potete chiedere direttamente a lui".

Lochis, conoscendo le molte curiosità che la sua professione suscita nei non addetti ai lavori, con lo sguardo fulmina bonariamente l'amico e poi, con disponibilità e cortesia, lascia che a turno i due appuntati e il vicebrigadiere gli pongano una serie apparentemente infinita di domande.

"Colonnè, che sensazioni provate quando guidate gli apparecchi che vanno chiù veloci assai della luce?"

"Veramente la tecnologia è ferma agli aerei più veloci del suono. Sebbene abbia volato per lo più su aeroplani adibiti al trasporto, ho anche avuto modo di pilotare dei *jet* anche supersonici quando ho frequentato il corso di pilotaggio negli Stati Uniti".

D'Angelo lo interrompe per domandare:

"Uà, pure in America siete stato?"

"Sì, in una scuola di volo internazionale dove ho conseguito il brevetto di pilotaggio".

Esposito riporta il colonnello alla domanda posta poco prima da Rizzo:

"Comannà, stavate dicendo di quando avete superato di assai la velocità del tuono".

Rizzo coglie l'occasione per correggere il superiore:

"*Velocità del suono, brigadiè*".

Lochis, sorridendo, precisa:

"Il suo collega ha ragione, anche se, in effetti, sarebbe praticamente la stessa cosa, perché il tuono è il rumore, il suono associato al lampo".

L'appuntato, assunta un'espressione di lieve delusione, commenta:

"*Anche chist'è vero e tenete ragione pecchè anche il tuono viaggia alla velocità della luce o forse del suono... mo' mi sto impicciando*".

Il vicebrigadiere, spazientito, interrompe l'appuntato esclamando:

"*Insomma! Vuò lascià rispondere o' colonnè o no!*"

"Per tornare alla domanda, stando ai comandi di un *jet* supersonico, quando si supera la velocità del suono in realtà non si nota quasi nulla, se non un improvviso scatto dell'indicatore, la lancetta, dell'anemometro analogico, che sarebbe come il tachimetro dell'automobile".

"*Intendete o' contachilometri?*"

"Sì, come viene comunemente chiamato l'indicatore di velocità, che sarebbe poi il tachimetro".

D'Angelo afferma:

"*Scusate ma n'aggio capito dove scatta sta lancetta che dite*".

Aiutandosi con l'indice di una mano, Lochis descrive il movimento arcuato della lancetta, facendo oscillare il dito in verticale per poi muoverlo di scatto a destra di pochi centimetri. A quel punto aggiunge:

"È ancora più interessante raccontarvi l'intensa sensazione fisica avvertita ogni volta che si compiono manovre acrobatiche o virate strette, perché il corpo viene sottoposto ad accelerazioni verticali notevoli. Un'altra forte emozione si prova quando, mentre si è già in volo, si azionano i postbruciatori".

Esposito alza platealmente le mani per fermare il pilota e dire:

"*Comannà, aspettate 'nu mument: se dite troppe cose complicate assai acca 'nu si capisce chiù 'na mazza, se permettete o' termine. A cher'è la questione verticale della velocità?*"

"Si parla di accelerazione, non velocità. Quando in volo si eseguono determinate evoluzioni il peso del corpo può aumentare, raddoppiando, triplicando o anche di più, così come, al contrario, diminuire".

Il colonnello, mentre cerca di tracciare con una mano la traiettoria compiuta da un aeroplano quando genera accelerazioni positive, prosegue dicendo:

"L'effetto fisico subito dal corpo del pilota è lo stesso che si prova quando si sale su un ascensore o si è seduti su un trenino che percorre i binari delle montagne russe. Appena la cabina comincia a muoversi verso l'alto ci si sente per qualche attimo più pesanti, perché alla gravità terrestre si somma l'accelerazione indotta dal movimento della cabina e avviene il contrario quando comincia a scendere. Spero che adesso sia un po' più chiaro".

Uno dei due appuntati, con vivo entusiasmo esclama:

"*Tenete ragione! Quando vado nel condominio dei miei suoceri e salgo 'n coppa all'ascensore, appena premo il pulsante mi pare proprio di diventare chiù pesante assai!*"

Alla constatazione espressa da D'Angelo fa eco il vicebrigadiere che aggiunge:

"*E la stessa medesima cosa l'aggio provata io quando ho accompagnato mia nipote a Gardaland 'n coppa a chilla montagna russa dove io manco ci volevo salire! Quanno che siamo arrivati alla cima eppoi o' carrello ha cominciato a scendere abbascio mi sono sentito o' stomaco in gola pe' quant'ero diventato leggero!*"

Segue una domanda di Rizzo:

"*Colonnè, cosa stavate dicenno prima su 'na cosa che s'appizzava?*"

Lochis comprende che si riferisce ai postbruciatori degli aeroplani a reazione e spiega che sono paragonabili al turbocompressore di un motore a combustione di un'automobile. Parlando della potenza generata dalla loro accensione, la descrive come una sorta di improvvisa spinta che provoca un balzo in avanti del *jet*. Seguono svariate domande alle quali il colonnello risponde cercando di utilizzare un linguaggio meno tecnico possibile, cosa peraltro non sempre semplice. Dopo circa mezz'ora il vicebrigadiere, abitualmente attento ai dettagli di cortesia, interrompe sul nascere l'ennesima domanda di Rizzo per esclamare:

"*Comannà, scusateci se siamo stati scostumati assai! Vi abbiamo tenuto accà all'impiedi senza farvi accomodare e offrirvi qualcosa da bere. Gradite 'na tazzulella 'e cafè, 'nu poco d'acqua, 'nu barattolo di coca cola?*"

"Dell'acqua frizzante, grazie".

Quando gli viene portata una bottiglia, la stappa e ne prende un abbondante sorso; riprende a chiacchierare, mantenendo sempre un atteggiamento affabile, per soddisfare le più disparate curiosità manifestate dai carabinieri. Nel frattempo, in modo più discreto e meno invasivo, la figlia pone domande specifiche a Tagliaferri, annotando digitalmente sul proprio *tablet* ogni chiarimento ricevuto.

Un'ora più tardi, Arianna e il maresciallo escono dall'ufficio di quest'ultimo, trovando Lochis accerchiato, alla stregua di un cantante famoso stretto tra un nutrito capannello di ammiratori. Il comandante della caserma, rivolgendosi scherzosamente ai propri subalterni, esclama:

"Lo potevate anche immaginare che Adriano, adesso che siete riusciti a estorcergli alcuni segreti del pilotaggio dei caccia militari, sarà costretto a farvi eliminare!"

Scoppiano tutti a ridere, come se fossero un gruppo di amici che si conoscono da anni e non soltanto da un paio d'ore. Tagliaferri accompagna gli ospiti all'alloggio, concordando che sarebbe tornato a prenderli a distanza di una mezz'ora per andare a cena, come anticipato, a Bellagio.

La vista sul lago di Como, specie la sera, con tutte le luci dei paesi bagnati dal Lario, è sempre tanto pittoresca quanto romantica e sono proprio queste le emozioni provate da Arianna. Infatti, loda ripetutamente il paesaggio che ha di fronte e la calma trasmessa da quell'atmosfera quasi surreale per come l'illuminazione riflessa oscilli sulla superficie lacustre. Esterna anche il vivo compiacimento per la raffinatezza del locale scelto dall'amico del padre e la bontà delle portate assaggiate, tra le quali ha particolarmente apprezzato un risotto con dei filetti di pesce persico. Al riguardo, afferma:

"Certo che a New York, nonostante sia una metropoli cosmopolita, dove si possono trovare piatti tipici e autentici della tradizione di ogni parte del mondo, una prelibatezza del genere me la posso solo sognare!"

"Mi fa piacere che ti sia piaciuto perché è una specialità prettamente lariana".

Dopo il commento del maresciallo prende la parola il colonnello per domandare:

"Domani sera, mentre Arianna sarà impegnata a fare conoscenza con quel ragazzo di cui ci hai detto, tu ed io cosa facciamo?"

"Anzitutto, se per voi va bene, prima andiamo tutti insieme a mangiare una pizza e poi, lasciata tua figlia al pub, che ti garantisco è più adatto alla sua che alla nostra generazione, pensavo di portarti in un locale tranquillo, a una quindicina di chilometri, in cui il sabato suonano dal vivo".

"Sembra un ottimo programma!"

Rivolgendosi alla ragazza, Tagliaferri ribadisce affabilmente:

"Se anche all'ultimo momento dovessi cambiare idea, qualsiasi sia la ragione, non esitare a dirlo: non rappresenterebbe un problema, perché considero il tuo intervento soltanto come un'opportunità addizionale alle intercettazioni che verranno, spero presto, autorizzate".

La venticinquenne risponde con serenità:

"Non vedo alcun motivo per cui dovrei tirarmi indietro; mi dispiacerebbe solo se quel ragazzo domani sera non ci fosse".

"Credimi, rincrescerebbe ancora di più a me! Resto comunque fiducioso e confido che si rivelerà una serata fortunata!"

IL DIFETTO

*NEL PUB A ERBA,
IL GIORNO DOPO (SERA)*

Arianna prende posto a un tavolino abbastanza in vista e non distante dal bancone dove ci sono vari sgabelli alti per chi preferisce consumare appollaiato lì sopra. Sugli schermi di alcuni televisori così come su un telo enorme, fissato al soffitto e adiacente a una parete libera, si susseguono i videoclip di brani musicali *pop*, *trap*, *rock* e *hard rock*, trasmessi in radiovisione da un'emittente italiana. L'affluenza al locale aumenta rapidamente quando sono da poco passate le dieci. In una parte defilata del pub, lungo il corridoio che porta ai servizi igienici, c'è una spessa tenda di velluto blu al di sopra della quale è affissa un'insegna al neon fuxia con la scritta «SALA SLOT». Dalla stanza continua un andirivieni di uomini e donne, più o meno giovani, che pendolano ciclicamente con la cassa del bar per convertire banconote da venti o cinquanta euro in monete da uno o due, presto ingurgitate dalle ciniche e impietose macchinette, perennemente affamate.

Anche se Arianna ha una visuale parziale di quel corridoio, poiché prosegue alle sue spalle, chi proviene dal bagno o dalla sala in cui ha dato sfogo alla propria dipendenza da gioco d'azzardo, deve passare a fianco del tavolino dov'è seduta. A un certo punto nota un ragazzo che, almeno visto da dietro, somiglia a quello del profilo *social* che ben ricorda. Si ferma alla cassa per farsi riempire un vasetto di plastica di venti, forse trenta, di monete.

Prima che si volti per tornare alla stanza adibita ai videopoker, un gruppo di amiche si dirige verso il bagno impedendo ad Arianna di seguire con gli occhi la sagoma del giovane. Quando lo individua di nuovo ha appena scostato la tenda blu e scompare nell'oscurità. Non avendo certezza che si tratti di Vincenzo, per togliersi ogni dubbio cambia posto, sedendosi dalla parte opposta del tavolo da dove può guardare in volto chiunque esca dalla sala *slot*.

Viene distratta solo quando uno dei camerieri le domanda che cosa gradisce ordinare; senza distogliere lo sguardo dal corridoio per più di una manciata di secondi, risponde:

"Un Bellini, grazie, con qualche stuzzichino".

"Salatini e cose simili o preferisci assaggiare un assortimento di focaccine ripiene?"

Ci pensa pochi attimi e poi, proiettandosi mentalmente a New York, dove sa di non trovare tentazioni culinarie simili, afferma:

"Vada per le focaccine, grazie".

Mentre ascolta un brano di un gruppo australiano che diversi mesi prima andava per la maggiore negli Stati Uniti, nota il movimento della tenda di velluto, aperta dal venticinquenne: è proprio Vincenzo. Riesce a tenere sotto controllo la lieve ansia da cui è assalita e non prende alcuna iniziativa per attirare la sua attenzione: confida che, in ogni caso, rimanere seduta da sola al tavolo sia già di per sé un'ottima occasione per destare interesse nel ragazzo.

L'elettricista sosta in piedi al bancone del bar, ordina una birra piccola e poi, notata la figlia di Lochis, si avvicina al suo tavolo con passo incerto. Resta ancora titubante, finché, vinta la propria timidezza, non esordisce chiedendo:

"Po-po-posso fa-fa-farti co-co-compagnia o aspetti già qu-qu-qualcuno?"

Senza lasciar trasparire alcuna traccia dello stupore provato, Arianna risponde:

"No, non aspetto nessuno: accomodati se vuoi".

Sentita la frase in cui qualche parola è inevitabilmente pronunciata con l'inconfondibile accento romano, al neo arrivato sorge spontanea una domanda:

"No-no-non sei di qu-qu-queste pa-pa-parti, vero?"

"Sono qui soltanto per il *weekend*. Sono nata e cresciuta a Roma, ma vivo da qualche anno all'estero".

"Do-do-dove di be-be-bello?"

"Negli Stati Uniti".

Anche nelle frasi successive Vincenzo continua, suo malgrado, a balbettare:

"Caspita! Non proprio dietro l'angolo".

Arianna, ricordando bene le domande da porre l'interlocutore, si chiede perché il carabiniere amico di suo padre non le abbia precisato che il ragazzo è balbuziente. Mentre lui condivide una considerazione su quanto diversa sia l'America dall'Italia, lei pensa:

"*Forse Roberto non lo sapeva. O, forse, questo ragazzo in altre circostanze non balbetta, ma adesso parlando con me ha avuto una qualche reazione emotiva. Mi pare di aver letto da qualche parte che questo difetto del linguaggio si accentua o si presenta quando ci si trova ad affrontare situazioni improvvise tali da alterare lo stato emotivo*".

Pur essendo abbastanza sicura della somiglianza tra chi ha di fronte e le fotografie pubblicate sul profilo *social*, per avere la certezza che si tratti della persona giusta, prende l'iniziativa e afferma:

"Prima di continuare a parlare magari per ore senza nemmeno conoscere i nostri nomi, io mi chiamo Arianna".

Manifestando una difficoltà linguistica ancora maggiore, replica:

"Piacere, io sono Vincenzo".

Poco dopo arrivano al tavolo vengono serviti il *cocktail* e un piatto rettangolare colmo di tranci di focaccia imbottita.

"Serviti pure: quando ho ordinato non immaginavo che il piatto fosse così abbondante".

Continuando a pronunciare alcune parole balbettando, afferma:

"Grazie, sei proprio carina... cioè, intendo gentile... ma non vuol dire che non sei anche carina... Scusa, mi sto incasinando da solo con le parole".

Mentre Arianna sorride l'elettricista supera il momento d'imbarazzo domandando:

"Con che *cocktail* stai accompagnando le focacce?"

"È un Bellini: lo spumante è l'unico alcolico che bevo perché vino e birra, per non parlare dei liquori, non fanno proprio per me! Oltre a non piacermi il sapore, detesto la sensazione di perdita di controllo provocata da certi alcolici anche bevendone solo un sorso. O, almeno, questo è l'effetto che fanno a me".

"Per la verità nemmeno a me piacciono i superalcolici. Bevo giusto la birra e poco altro".

La figlia di Lochis domanda:

"Studi ancora o lavori?"

"Mi sono diplomato come perito elettrotecnico e da qualche anno lavoro per conto mio".

"Complimenti!"

"Tu, invece? Cosa fai in America?"

"Sto frequentando un master all'università".

La conversazione prosegue e i due toccano vari argomenti tipici della fascia d'età cui appartengono, finché Arianna chiede:

"Quali sono, secondo te, il tuo miglior pregio e peggior difetto?"

"Di un difetto te ne sei già accorta e ti ringrazio per non essere scoppiata a ridere come spesso fanno altre ragazze appena mi sentono parlare".

Sinceramente dispiaciuta, commenta:

"Dev'essere sgradevole quando accade. Credo sia di pessimo gusto e una mancanza di rispetto mettersi a ridere in una circostanza simile. Comunque, a parte questo che considero solo un brutto scherzo che può giocare l'emozione, pensi di averne altri?"

"Be', più che un difetto è un vizio: gioco spesso alle macchinette".

Nel pronunciare la frase solleva un avambraccio e con il pollice indica la tenda blu alle sue spalle. Poi prosegue:

"Però non ho una dipendenza cronica, la così detta ludopatia, perché sono in grado di gestirmi, cioè controllarmi. Certo, sono consapevole di buttare un sacco di soldi, ma, per fortuna, le spese che devo affrontare mensilmente sono ben inferiori ai miei guadagni. E, comunque, presto dovrei fare un bel salto di qualità!"

"Cioè? Cambi lavoro?"

"No. Diciamo che sto aspettando di ricevere una grossa eredità".

Gli sorge istantaneamente il timore di apparire cinico e opportunista; quindi aggiunge subito:

"Cioè, non è che sto attendendo come un avvoltoio la morte di un mio parente ricco, anche perché non ne ho! Era solo per fare un esempio".

"Non ti preoccupare, non ci avevo nemmeno pensato. Però non mi hai ancora detto quali sono invece i tuoi pregi".

"Forse il mio lavoro: lo svolgo bene".

"Secondo me sei troppo modesto e, per come la vedo io, è già di per sé da considerarsi un pregio... e sei anche un po' timido".

"Oh, quello sicuramente!"

Arianna torna a insistere su un punto per fare chiarezza:

"Non ho ben capito una cosa: come fai a sapere già che la tua vita cambierà presto? Sei un indovino e non me l'hai detto?"

Sorridendo risponde:

"Evidentemente non lo sono, altrimenti alle *slot* vincerei molto più spesso! È un po' lungo e complicato da spiegare. È come se avessi acquistato delle azioni di una società e so per certo che tra un po' guadagneranno molto valore, per cui rivendendole incasserò una fortuna".

"Hai già fatto dei progetti per questo futuro che, spero per te, sia tanto roseo come ti aspetti?"

"Se tutto va come previsto, mi trasferirò all'estero. Ho anche già affidato a un'agenzia immobiliare la vendita della casa dove abito. Me l'hanno lasciata i miei poveri genitori: da solo non avrei mai avuto soldi a sufficienza per comprarne una. Finora non ho ricevuto proposte e, finché non firmo un compromesso, posso sempre tirarmi indietro".

"E dove vorresti trasferirti?"

"In un posto al caldo, dove c'è il mare e, soprattutto, abbastanza lontano dall'Italia".

"Tipo alle Canarie?"

"No, *molto* più lontano: in Polinesia".

"Caspita! Proprio un cambio di vita radicale".

"Ho già visto alcune villette e appena avrò liquidità darò un anticipo a distanza. Una villetta con piscina, le palme, il sole, l'oceano e, perché no, una bella ragazza come te che viene a fare un giro sulla mia barca a vela".

"Ne hai una?"

"No, sarà una dei miei primi acquisti appena…"

Non completa la frase e Arianna, temendo di insospettirlo sulla natura della loro conversazione, preferisce evitare di chiedergli una seconda volta quale sia l'origine della fortuna che si aspetta di ottenere molto presto. Si limita a commentare:

"Vedo che hai le idee ben chiare e sei proprio deciso".

"Sì, prima lascio l'Italia meglio è".

"Perché? Non ti piace più il nostro bel Paese? Io che non ci vivo più da qualche anno ne sento la mancanza, nonostante in America trovi tutto quello che mi occorre e anche di più".

"L'Italia mi piace, ma preferisco andare via, almeno per un lungo periodo, per stare tranquillo e sereno".

Poiché le risposte ricevute hanno già soddisfatto alcune delle domande formulate da Tagliaferri, la figlia del colonnello ne pone un'ultima, più generica:

"Qui in Italia, o quando sarai in Polinesia, hai qualche passione o passatempo?"

Vincenzo riflette prendendo un sorso di birra dal boccale, mentre con gli occhi fissa il vuoto alla sua destra. Prima con la punta della lingua, poi con un tovagliolino si pulisce il labbro superiore, su cui si è depositata della schiuma bianca. Torna a guardare l'interlocutrice negli occhi e afferma:

"Immagino che, in parte, molto probabilmente l'hai già intuito".

"In che senso?"

"Mi piace il rischio".

"Se ti riferisci alle macchinette mangiasoldi, più che rischio direi che si tratta di tentare la fortuna, pur sapendo di non vincere quasi mai".

"Infatti. Però c'è comunque una dose di rischio: quello di perdere la testa e andare ben oltre le proprie disponibilità economiche. Su questo ho una disciplina ferrea: ogni settimana stabilisco quanto posso permettermi di perdere e non supero mai quel limite. Anche quando vinco, non incremento la soglia fissata".

"Be' in questo senso, gestisci un vizio pericoloso con una certa saggezza. E, gioco d'azzardo a parte, quale sarebbe il tuo *hobby* tanto rischioso?"

"*Free climbing* e, dato che vivi negli Stati Uniti, credo non serva che faccia la traduzione".

"Infatti, anche se, non avendolo mai praticato, non so esattamente in che cosa consista. Sarebbero arrampicate su pareti rocciose dove non sono già passati altri alpinisti che hanno piantato ganci o pioli, anche se non so nemmeno se ci chiamino così?"

"Più o meno. Chi pratica il vero *free climbing* non indossa alcuna imbragatura e quindi se cade, quando va bene si fa parecchio male. La tecnica è fondamentale, così come lo è procedere con calma. Ci si muove solo quando si hanno tre punti saldi, di solito due per i piedi e uno per le mani. A quel punto, con l'arto libero si cerca un nuovo appiglio più in alto e, una volta trovato, ci si poggia la punta del piede o si ancorano le dita della mano. È così che si sale, spostando un arto alla volta, senza mai staccare gli altri prima di trovare e afferrare una nuova presa sicura".

"Non l'ho mai provato. E come si fa per la discesa se non si utilizza un'imbragatura?"

"Le possibilità sono due. Quella più comune è salire su pareti dalla cui sommità è noto che parte un sentiero per ridiscendere. Oppure si porta al seguito un'imbragatura e della corda, con cui poi ci si cala, anche se in alcuni casi questo implica dover abbandonare la fune sul posto".

"Suppongo che serva una certa forza fisica per stare attaccati alla roccia e molta agilità".

"Sì, ma non sono sufficienti. Bisogna saper mantenere alta la concentrazione, avere pazienza e imparare a gestire il proprio baricentro".

"Cosa intendi?"

"Anche se sulla parete ci sono degli appigli per rimanere stabili, in alcune circostanze non è sicuro allontanare il proprio baricentro dalla roccia. Facendolo, non so perché, aumenta lo sforzo muscolare per mantenersi attaccati".

"Nonostante non faccia *free climbing*, credo di poter trovare io una spiegazione dal punto di vista delle leggi della fisica: aumentando la distanza dalla roccia, il braccio della forza di gravità è maggiore e quindi incrementa il momento".

Con espressione dubbiosa, Vincenzo afferma:

"Della fisica che, si fa per dire, ho studiato a scuola non mi ricordo proprio nulla!"

"Non ti preoccupare: ti faccio un esempio e sono sicuro che capirai al volo. Se vuoi aprire una porta verso l'esterno e la spingi premendo vicino alla maniglia, quindi dalla parte lontana rispetto a dov'è incernierata, fai un certo sforzo. Se la spingi poggiando invece la mano vicino alla cerniera su cui ruota, ne fai molto di più. Ti torna fin qui?"

"Sì, certo".

"Adesso pensa di applicare uno sforzo uguale in entrambi i casi. Spingendo vicino alla maniglia apri la porta diciamo di mezzo metro; imprimendo la stessa forza vicino alla parte interna si sposta di pochi centimetri. In questo caso, qual è l'unica cosa variata, escludendo l'ampiezza dell'apertura?"

"Il punto in cui ho premuto sulla porta".

"Esatto! La distanza tra il punto e la cerniera della porta si può chiamare *braccio*. E da quello che hai appena correttamente detto, a parità di sforzo o *forza*, più è lungo il braccio, maggiore è il *momento* generato, che non è altro che il prodotto, la moltiplicazione, tra forza e braccio".

"Credo di aver capito anche se non riesco a trovare il nesso con quanto dicevo prima sul baricentro".

"Nel *free climbing*, quando allontani il tuo baricentro dalla parete rocciosa aumenta la distanza tra te – ossia il punto di pressione sulla porta – e la parete –

la cerniera su cui ruota. Siccome la forza in gioco rimane sempre la stessa, cioè la gravità, incrementando la lunghezza del braccio aumenta il momento, come abbiamo visto poco fa. È proprio questo il motivo per cui si fatica di più a mantenere la posizione".

"Adesso ho capito tutto! Sei stata chiarissima: si vede che tu sei portata per lo studio!"

"Veramente all'università faccio tutt'altro e questi sono solo ricordi del liceo".

"Dovevi essere proprio una secchiona per non esserteli dimenticati!"

"Ma no, anzi! È tutto merito del professore di matematica e fisica: sapeva spiegare bene e, soprattutto, farci nascere la curiosità di chiederci il perché di molti fenomeni. Purtroppo ha insegnato nella mia classe solo per un anno e la professoressa subentrata non è stata altrettanto efficace. Infatti, pur avendole studiate, anche le più semplici nozioni che riguardano il tuo campo, l'elettricità, non le ricordo più".

"Be' su quelle sono abbastanza ferrato. Però, come in ogni cosa, la pratica si rivela abbastanza differente dalla teoria".

L'elettricista continua a conversare, manifestando man mano una tendenza sempre minore alla balbuzie, specie quando sposta il discorso su Arianna, ponendole domande simili a quelle cui ha risposto. Il venticinquenne mantiene un atteggiamento posato e gentile, tanto che la figlia di Lochis è ancor più convinta che si tratti di un ragazzo molto inibito. Per tali ragioni si sente a proprio agio e non ritiene sprecato il tempo trascorso in sua compagnia, convinta di aver portato a termine il semplice incarico, rivelatosi tutt'altro che sgradevole, affidatole da Tagliaferri.

LA SODDISFAZIONE

NON LONTANO DA ERBA,
LA STESSA SERA

Il colonnello e il maresciallo sono seduti sui comodi divani nel bar dove una *band* sta per cominciare a suonare. Gli artisti hanno appena finito di accordare i loro strumenti e il *leader* del gruppo presenta, oltre a se stesso, gli altri quattro:

"Buona sera e benvenuti. Io sono Truss e con me ci sono Fabio, alla batteria, Marco e Paolo, alle chitarre e Luca, al basso. Siamo una *tribute band* di Ligabue e ci chiamiamo Rubiera Blues. Buon divertimento".

Alla conclusione della perfetta esecuzione del primo brano, Tagliaferri domanda:

"È il tuo genere di musica?"

"Anche se ascolto prevalentemente musica internazionale come U2, Simple Minds, Red Hot Chili Peppers, mi piace anche il Liga".

"Ottimo. Anch'io prediligo i gruppi stranieri e, sebbene sia un gran appassionato dei Pink Floyd, ascolto un po' di tutto purché si tratti di *rock*".

Indicando il quintetto che sta per esibirsi in un nuovo pezzo, il maresciallo chiede:

"Non ti sembra che il timbro vocale del cantante sia praticamente identico a quello di Ligabue?"

"Hai ragione e, adesso che ci faccio caso, lo ricorda parecchio anche fisicamente".

"È proprio vero! Non l'avevo notato".

Arriva una ragazza a chiedere le ordinazioni. Scelte due birre artigianali alla spina, per qualche minuto restano ad ascoltare le chitarre e il basso che, al ritmo imposto dalla batteria, accompagnano il brano egregiamente interpretato dal cantante. Quando la cameriera torna con il vassoio, Lochis propone un brindisi:

"Al tuo intuito e al contributo che mia figlia ti sta fornendo!"

Sollevati i piccoli boccali, li accostano per poi portarli alle labbra, prendendo un primo abbondante sorso. Il carabiniere, soddisfatto dalle caratteristiche aromatiche della birra, commenta:

"Spero proprio il brindisi sia di buon auspicio".

"Se Arianna otterrà qualche informazione utile tu potrai, in un modo o nell'altro, fare chiarezza sulla posizione di quel ragazzo e, nel caso il tuo sesto senso avesse ragione, intervenire per impedire che accada qualcosa alla banca di Como".

"Staremo a vedere. A proposito di Como, prima mi sono dimenticato di chiederti se la città ti è piaciuta".

"Eccome! È un vero gioiellino. Arianna poi, anche se non so quando abbia raccolto le informazioni, era molto documentata".

"Cosa avete visitato?"

"Il centro storico, inclusa una curiosa chicca che mia figlia ha tirato fuori dal cilindro..."

Il maresciallo interrompe l'amico per domandare:

"Cioè?"

"Una peculiarità delle sculture rappresentate su una delle porte di accesso al Duomo".

"Non mi si è ancora accesa alcuna lampadina".

"La raffigurazione di una rana e alcune leggende che la riguardano".

"Di quale rana parli?"

"Non dirmi che tu che abiti da anni in queste zone non lo sai e invece ne è al corrente una turista romana che vive a New York!"

"Credo proprio sia così. Dai, erudiscimi".

Dopo essersi messi a ridere e aver bevuto un altro sorso di birra, il colonnello riprende:

"Su una porta, oltre a varie decorazioni simboliche di classica matrice religiosa, nella parte sinistra è scolpita una rana, peraltro rimasta decapitata dopo il folle gesto di un uomo che la prese a martellate non so quanti decenni fa".

"Davvero? Non lo avevo mai sentito. E cos'ha a che vedere una rana con il Duomo?"

"Si narra che la figura sia stata inserita specificatamente a quell'altezza per indicare il livello raggiunto dall'acqua del lago in un'esondazione epocale. E da questa notizia abbiamo anche appreso che Como è simile a Venezia, per com'è soggetta all'acqua alta".

"Sì, è dovuto alla conformazione stessa del lago: il fiume Adda, immissario ed emissario del Lario, fuoriesce dal ramo di Lecco. In sostanza, quello di Como è un vero e proprio *cul-de-sac*: quando il livello dell'acqua sale, la ramificazione sinistra del lago, diversamente da quella di Lecco, non ha alcuno sfogo per cui esonda, allagando parzialmente la città. Però si tratta di eventi straordinari che, fortunatamente, hanno una bassissima frequenza perché sono legati a periodi in cui le piogge sono particolarmente abbondanti".

Il colonnello torna a parlare della rana e narra una credenza secondo cui è stata rappresentata per indicare l'esistenza di un presunto tesoro nascosto sul fondo del lago.

Tagliaferri interviene per precisare:

"Di tesori potrebbero essercene parecchi e, anche utilizzando la più moderna tecnologia, sarebbe arduo trovarli: il Lario è il lago più profondo d'Italia!"

Al termine di una breve pausa, chiede a Lochis:

"E dopo aver visto le parti antiche e più caratteristiche della città, dove siete stati?"

"Siamo andati a visitare il tempio voltiano, davvero bello nella sua semplicità. Mi ha rievocato l'immagine riprodotta sulle banconote da diecimila lire e devo confessare di essermi sentito un po' vecchio".

"Be', dato che siamo quasi coetanei, consoliamoci pensando che, comunque, abbiamo vissuto un pezzo di storia".

"Magra consolazione!"

Dopo aver entrambi sorriso, il maresciallo afferma:

"Poi immagino siate tornati alla fermata del bus per rientrare ad Asso".

"No, era ancora presto. Nonostante fosse un po' distante, siamo arrivati alla splendida basilica di Sant'Abbondio".

"Caspita! Non avete mancato nessuna delle principali attrazioni di Como".

"Veramente avrei voluto portare Arianna anche a prendere la funicolare, ma le nubi basse che coprivano la cima dei monti mi hanno fatto desistere. Ho immaginato che una volta giunti a Brunate... Mi pare si chiami così il paese, giusto?"

"Sì, ricordi bene".

"Ecco, arrivati su a Brunate probabilmente saremmo stati avvolti dalla nebbia e intirizziti dal freddo, senza poter vedere il panorama sottostante".

"Poco male: è una buona scusa per tornare da queste parti".

"Me lo auguro e mi sono ripromesso di farlo, con o senza mia figlia, quando la temperatura e le condizioni meteorologiche saranno clementi. Immagino che il paesaggio cambi radicalmente".

"In effetti, in questa stagione con il suo grigiore il paesaggio lacustre è un po' tetro e malinconico. La prossima volta, se avrai più tempo a disposizione, non devi perderti una gita sul lago per ammirare le magnifiche ville storiche disseminate lungo le sponde, specie quelle sul ramo di Como. Ci sono anche alcuni paesini lacustri che meritano una visita".

Il colonnello propone:

"Facciamo così: prima ti organizzi tu per venire a Roma, poi tornerò io dalle tue parti".

"Affare fatto!"

Sorseggiando le birre ascoltano e ammirano la *performance* dei cinque ragazzi che si esibiscono sul ristretto palco del locale, permeando l'ambiente di musica coinvolgente, suonata a un volume comunque tale da consentire la conversazione senza dover alzare troppo la voce. È da poco passata la mezzanotte quando Lochis riceve un messaggio dalla figlia:

«Potete venire a prendermi quando volete».

Arianna lo ha scritto mentre Vincenzo si è allontanato dal tavolo per recarsi al bagno e, al suo ritorno, lo ha avvisato che a breve andrà via poiché l'indomani dovrà alzarsi presto per partire. Il ragazzo si offre di darle un passaggio dove alloggia, ma lei precisa che arriverà il fratello a prenderla e lui non insiste.

Il colonnello, inviata una risposta altrettanto sintetica, brucia sul tempo l'amico, alzandosi per raggiungere la cassa e pagare il conto. Escono insieme, salgono sull'automobile e Tagliaferri, mentre guida verso Erba, chiede:

"Domani pomeriggio a che ora avete il treno?"

"Devo controllare i biglietti ma, se non erro, intorno alle due e mezza".

"Bene: farò in modo di tenermi libero, così vi accompagno a Milano".

"Sempre se non ti crea alcuna difficoltà, altrimenti possiamo tranquillamente prendere il treno".

"Salvo emergenze, non ho alcun impegno".

Una decina di minuti più tardi posteggiano nei pressi del pub e il colonnello invia un messaggio ad Arianna per avvisarla. A distanza di poco tempo la venticinquenne esce dal locale e, dopo essersi guardata attorno, individua la vettura con le quattro frecce lampeggianti. Apre la portiera posteriore e, appena si accomoda sul sedile, il padre le domanda:

"Allora? Com'è stata la tua prima missione speciale?"

"Non è stata difficile e mi sono anche divertita".

È la volta di Tagliaferri che, ingranata la prima marcia, dice:

"Quindi deduco che lo Schiaffina c'era e sei riuscita a parlargli".

"Entrambe le deduzioni sono giuste. Sapevi che Vincenzo, quand'è emozionato, balbetta in modo piuttosto evidente e, povero lui, imbarazzante?"

"No, ma lo terrò senz'altro presente come ulteriore elemento".

Arianna quindi riporta fedelmente non solo le risposte ricevute dal suo coetaneo alle domande poste, ma anche altre informazioni generiche, sebbene non sappia quale valenza possano avere per il carabiniere. Questi, dopo averla ascoltata con attenzione, esclama:

"Sei stata proprio in gamba! Tutto quello che mi hai riferito non smentisce i miei sospetti, anzi, li rafforza: il cambio di vita che Vincenzo si aspetta di compiere da un momento all'altro potrebbe derivare dal piano criminale in cui forse è coinvolto".

"Se posso, vorrei esprimere un parere personale, visto che, finora, l'unica ad averlo conosciuto almeno un po' sono io..."

"Ma certo che puoi!"

"Ecco, a me è sembrato un bravo ragazzo, che svolge il proprio lavoro con passione e, anche a fronte di un vizio potenzialmente pericoloso, sa amministrarsi con attenzione. Non so se sai, ma è anche rimasto senza genitori e forse anche questo fattore lo rende libero da legami che lo trattengano in Italia".

Il maresciallo, sia pur non avendo figli, commenta in modo accorato e con la medesima abilità dialettica che utilizzerebbe un genitore:

"Non sapevo fosse rimasto orfano e mi dispiace. Però, cara Arianna, purtroppo la mia esperienza professionale, come sicuramente può confermare Adriano per quanto concerne quella da lui maturata nel corso della vita, mi ha insegnato a diffidare delle apparenze: troppo spesso ingannano, quando addirittura non sono intenzionalmente costruite per mascherare una finalità o un'indole malvagia".

"Roberto ha ragione e anche tu, ogni volta che conosci persone nuove, hai imparato ad andarci con i piedi di piombo prima di esporti o metterti in gioco".

Tagliaferri, notando il mutismo in cui è rimasta la ragazza, aggiunge:

"Con ciò, mi auguro che tu, al contrario delle mie sensazioni, abbia pienamente ragione e che Vincenzo sia del tutto estraneo a qualsiasi faccenda. Credimi: preferirei sbagliarmi! Non pensare che a me, in qualità di carabiniere, dia una qualche soddisfazione morale arrestare qualcuno".

Arianna, avanzando fino ad avere la testa tra i due sedili anteriori, con un sorriso commenta:

"State tranquilli e non preoccupatevi per me: so bene che Roberto svolge il proprio lavoro con il massimo impegno e le mie sono solo impressioni derivanti da una conoscenza superficiale. Comunque andranno le cose, sono contenta di essere stata in qualche modo utile. Mi piacerebbe essere tenuta al corrente per sapere come va a finire questa storia".

Il carabiniere risponde:

"Certamente! E tu fammi sapere come procede la tesina. A proposito: se ti venissero in mente altre domande o avessi bisogno di chiarimenti su qualche punto poco chiaro, scrivimi tranquillamente un'*email*; oppure, compatibilmente con la differenza di fuso orario con New York, chiamami".

"Lo farò senz'altro, grazie".

LA CIMICE

*AD ASSO,
1° FEBBRAIO (UNA SETTIMANA DOPO)*

Aperta la tapparella della camera, Tagliaferri sorride vedendo un cielo terso e, sebbene il sole sia ancora nascosto dalla cima del monte che chiude a oriente la valle, si rallegra convinto che sarà una splendida giornata. Sono le otto passate, un orario per lui inconsueto per cominciare la giornata: di solito si alza molto prima ma ieri sera si è trattenuto fino a tardi in caserma per organizzare le fasi dell'indagine. Nel pomeriggio, infatti, è finalmente pervenuta l'autorizzazione tanto attesa per avviare le intercettazioni ambientali nei confronti di Schiaffina. Al riguardo, lo strumento più efficace e difficile da rilevare è un *software* spia e il maresciallo ha escogitato come installarne uno nel cellulare del sospettato.

Appena entra in caserma convoca il vicebrigadiere in ufficio.

"Prenda la sedia e si metta di fianco a me perché devo mostrarle un video al computer".

Visibilmente emozionato, Esposito replica:

"*Mariscià, o' vero posso assittarmi proprio accanto a voi?*"

"Forza, si accomodi: oggi non abbiamo tempo da perdere. Stiamo per imparare come si installa una cimice".

"*Uanema, mariscià! Intendete dire se è meglio usare o' père o la mana pe' adaccia 'na cimice? Tra l'altro, dovete sapere che a me chill'insetto fitùso mi fa schifo assai!*"

"Mi tolga una curiosità: ne ha mai visti di film di spionaggio?"

"*E che c'azzeccano i film?*"

"Non parlavo di come schiacciare l'insetto, se con il piede o con la mano, ma di una microspia, comunemente chiamata cimice".

"*Uà, intendete come chille dei film di zero e zero e sette?*"

"Qualcosa del genere. Guardi sul *monitor* così capirà".

Avvia un video *tutorial* riservato alle forze dell'ordine che mostra la tecnica migliore per installare ed eseguire un *trojan* su un portatile o su uno *smartphone*. Il vicebrigadiere segue rimanendo in silenzio e, apparentemente, sembra aver compreso come operare. Tagliaferri, per essere sicuro, domanda:

"Tutto chiaro fin qui?"

"Mariscià, credo ch'aggio capito tutt'eccose tranne che una: che r'è sto troiàn che si mette 'n coppa o' cellulare altrui?"

"Glielo spiego dopo. Pensa di essere in grado di fare questa semplice operazione".

"E che ci vuole? Visto 'n coppa o' video bastano pochi secondi".

"Bene. Allora facciamo una prova con il mio cellulare".

"Mariscià, seriamente dite?"

"Sì, certo".

"Volete che 'n coppa o' vostro telefonino inserisco chillo programma cattivo assai?"

"Voglio verificare se è semplice come sembra".

Mentre lo afferma, da un cassetto della scrivania sfila un altro *smartphone* e un cavo con un'estremità USB che inserisce nella corrispondente porta del computer, mentre infila l'altra nel cellulare appena preso.

"Su questo scarichiamo il *software* da usare".

Digita sulla tastiera del computer alcuni comandi, preme sullo schermo dello *smartphone* la conferma e, con soddisfazione, esclama:

"È tutto pronto. Adesso il programma è in questo telefono. Come visto nel video, basta attivare la funzione *Bluetooth*; poi, indipendentemente se quella del mio cellulare sia o meno attiva, una volta avviato il programma, si preme questo tasto rosso e il *trojan* viene trasmesso, installandosi automaticamente".

Esposito riceve il cellulare dal suo comandante e rimane titubante prima di prendere qualsiasi iniziativa. Tagliaferri lo esorta:

"Avanti, attivi il *Bluetooth*".

Il vicebrigadiere lo guarda con espressione persa e, infine, ammette:

"*Mariscià, 'nu saccio proprio che r'è sto blutut*".

"Va bene. Dia qui che le mostro come si fa e lo deve imparare bene: non importa se non sa cos'è".

Gli prende il cellulare di mano e, tenendolo in modo tale da consentirgli di osservare sullo schermo ogni sua azione, mostra come avviare la funzione richiesta e poi domanda:

"Lo saprebbe rifare?"

"*Sì, mariscià. Chist'è semplice assai e adesso che me l'avete spiegato non me lo scordo chiù*".

"Benissimo. Adesso installi il *trojan* sul mio cellulare".

Ricevuto il telefono, Esposito avvia il programma e preme il tasto rosso, poi guarda lo *smartphone* del suo comandante, rimasto poggiato sulla scrivania, come se dovesse esplodere da un momento all'altro. Il maresciallo, ugualmente interessato a verificare il corretto funzionamento del *software* spia, lo prende, si alza e dice:

"Mi aspetti qui: torno subito".

Esce dall'ufficio e raggiunge l'ingresso, dove consegna il telefonino infettato all'appuntato di turno nella guardiola, dicendogli:

"Rizzo, dovrebbe custodirlo per una decina di minuti. Quando me ne sono andato, accenda la radio o canticchi qualcosa, mentre con la mano libera tiene in mano il mio cellulare. Tutto chiaro?"

"*Sì, mariscià*".

"Torno dopo a riprenderlo".

Si risiede dietro la scrivania dell'ufficio e, insieme al vicebrigadiere, utilizza per la prima volta il programma spia. Sullo schermo dello *smartphone*, che Esposito tiene delicatamente in mano come fosse un oracolo, si apre una finestra per attivare, sull'apparecchio in cui è installato il *trojan*, nell'ordine: il microfono, la fotocamera e il sistema di geolocalizzazione. Un quarto pulsante dà la possibilità di usufruire delle funzioni più avanzate: accedere alla rubrica, ai *social* utilizzati dall'utente, ai programmi di messaggistica, alla cronologia di navigazione e molto altro.

"Prema quello della fotocamera".

"*Vabbuono mariscià*".

Dopo pochi istanti sul *display* appare un riquadro con l'immagine dell'atrio della caserma. Nell'angolo superiore a destra c'è anche un'icona con una doppia freccia: si tratta del comando per avviare la fotocamera anteriore, abitualmente utilizzata per scattare i *selfie*.

"Adesso prema quel pulsante in alto".

Appena Esposito lo sfiora con il dito, appare in primo piano il viso dell'appuntato, mentre ha distrattamente infilato un dito nel naso. Il vicebrigadiere esclama:

"*Uà, Rizzo è scostumato assai!*"

"Sono sicuro che se sapesse di essere visto non lo farebbe".

Poco dopo, esorta il vicebrigadiere a toccare il pulsante di accensione del microfono e, quasi subito, si sente la voce di Rizzo che canticchia un motivetto neomelodico napoletano. Con un sorriso, Tagliaferri afferma:

"Bene. Adesso disattivi sia il microfono, sia la fotocamera e prema il tasto per localizzare il mio cellulare".

Nel giro di un minuto, sullo schermo appaiono le coordinate geografiche, espresse come latitudine e longitudine, insieme a una mappa. Con entusiasmo il maresciallo esclama:

"Ottimo! Funziona tutto alla perfezione!"

Rivolgendosi al vicebrigadiere, aggiunge:

"Quello che dovrebbe fare appena abbiamo finito qui è telefonare a Schiaffina per chiedergli se può venire oggi stesso qui in caserma per un intervento urgente".

"*Mariscià, ch'è stato? È success qualcosa che non saccio?*"

"No, funziona tutto, ma facciamo finta di avere un problema elettrico. Gli dica che quando io utilizzo quella, salta la corrente".

Nel completare la frase, indica una ciabatta elettrica posta a fianco della scrivania.

"*Va bene, mariscià. Lo telefono mo' mo' e poi vi faccio sapere quando può venire*".

"Le è chiaro cosa dovrà fare una volta che Schiaffina sarà qui?"

"*Certo: lo porto accà dintra e gli indico chilla presa della corrente*".

"E a parte questo?"

Il silenzio induce Tagliaferri a chiarire:

"Quando arriva, utilizzando lo stesso cellulare di poco fa dovrà installare il *trojan* in quello dell'elettricista".

"*Ah, adesso aggio capito. A proposito, mi dovevate spiegare che r'è sto troiàn*".

"Prima potrebbe andare cortesemente da Rizzo a recuperare il mio cellulare, così lo disinstallo?"

"*Subitissimo, mariscià*".

Al ritorno del vicebrigadiere, Tagliaferri riprende il proprio apparecchio e, mentre lo collega al computer per rimuovere il pericoloso *software* spia, domanda a Esposito:

"Conosce o ha studiato l'Odissea?"

"*L'Odissea? È chilla che parla di Ulisse che sta per mare intanto che la mugliera sta dintr'a casa so' e non fa altro che puntià 'na coperta?*"

"Più o meno. C'è una parte in cui Ulisse, per far penetrare gli Achei, i Greci, a Troia escogita uno stratagemma, costruendo un enorme cavallo di legno in cui fa nascondere i soldati".

"*Ah, sì. O' famoso cavall'i Troia*".

"I Troiani pensano sia un dono degli dei e lo trainano dentro le mura della città, inconsapevoli che al suo interno sono nascosti i nemici. Un *trojan* prende il nome proprio dall'Odissea, perché è un programma apparentemente innocuo che contiene qualcosa di malevolo".

"*Aggio capito. Mariscià, voi sapete proprio tante cose assai!*"

"Bene. Adesso cerchi di fissare quanto prima un appuntamento con l'elettricista e mi tenga aggiornato".

Il vicebrigadiere si ripresenta da Tagliaferri una decina di minuti più tardi, informandolo che Schiaffina arriverà nel primo pomeriggio.

Quando il venticinquenne giunge in caserma, il maresciallo è uscito ed Esposito accompagna l'elettricista nell'ufficio del comandante, dove gli indica la ciabatta elettrica, spiegando che si generano delle scintille quando si inserisce nella presa. Come concordato, mentre il ragazzo è impegnato a stabilire quale sia l'origine del malfunzionamento, il vicebrigadiere sfila di tasca il cellulare su cui è installato il programma, lo avvia e, come fatto la mattina, preme il pulsante rosso.

Poco dopo Schiaffina, non avendo trovato alcuna anomalia, chiede qualche delucidazione che il vicebrigadiere non sa fornire. Senza mostrare alcuna incertezza di carattere linguistico, allora l'elettricista afferma:

"Senta, qui sembra tutto a posto. Se vi salta ancora la corrente, non toccate niente e richiamatemi subito".

"*Vabbuono. Quant'aggia darvi per la chiamata e il disturbo?*"

"Facciamo così: visto che non ho fatto praticamente nulla, se dovrò ritornare preparo un conto unico per la doppia chiamata. Altrimenti siamo a posto così".

"*Grazie, allora. Prima di andare gradite 'na tazzulella 'e cafè?*"

"No, grazie. Ne ho già bevuti troppi".

Il vicebrigadiere accompagna l'elettricista fino al cancello esterno, ringraziandolo ancora per la disponibilità e la cortesia. Rientrato in caserma, telefona subito a Tagliaferri, nel frattempo chiamato dalla Polizia locale di Canzo per una consulenza informale.

"*Mariscià, chillo è venuto accà, io aggio fatto tutt'eccose pe' 'nfettà o' cellulare e, modestamente, penso che ci sono riuscito bene assai!*"

"Ottimo lavoro! Appena torno proviamo a vedere se funziona. Una curiosità: Schiaffina nel parlare era balbuziente?"

"*E che ne saccio, mariscià?*"

"Come che ne sa? Avrete pur scambiato qualche parola mentre era lì, no?"

"*Certamente. M'ha domannato dove stava o' prubblema elettrico che poi ha visto che non ci stava. Tra l'altro, chillo ha detto di richiamarlo se teniamo di nuovo o' stesso prubblema e n'ha voluto pigliare nulla come pagamento*".

"Tanto meglio. Forse sono stato io a non essermi spiegato bene: quando Schiaffina le ha parlato, balbettava?"

"*No, mariscià. Non mi pare proprio*".

Tagliaferri riflette su quanto diversamente riferito dalla figlia del colonnello; tuttavia, non è indotto a supporre che ci sia stato un incredibile scambio di persona. Ritiene infatti plausibile che, in condizioni ordinarie, come durante lo svolgimento del proprio lavoro, il venticinquenne non manifesti alcuna balbuzie, poiché non deve affrontare situazioni che gli provocano emozioni.

Sono ormai le quattro del pomeriggio quando il maresciallo rientra in caserma e, insieme a Esposito, si reca direttamente in ufficio. Al pari del vicebrigadiere è curioso di appurare se la cimice installata sul cellulare dell'elettricista funzioni a dovere. Tagliaferri prende dalla scrivania il telefono che controlla il *trojan* e, avviato il programma, preme il tasto corrispondente alla fotocamera. Sul *display* appare un'inquadratura dinamica di una strada, ripresa attraverso il parabrezza di un mezzo; aziona la fotocamera anteriore e si vede parte del viso di Schiaffina, concentrato mentre è al volante. Con soddisfazione chiude l'applicazione e, rivolgendosi al vicebrigadiere, esclama:

"Le rinnovo i miei complimenti per l'ottimo lavoro svolto! Funziona tutto alla perfezione!"

"*Grazie, mariscià*".

"Onore al merito. Da oggi dovremo monitorare a turno il più possibile i suoi spostamenti attivando il GPS, mentre io mi occuperò di controllare la sua messaggistica. Quando terrà lei questo cellulare, se notasse qualche movimento che esula dagli orari di lavoro e che porta Schiaffina al di fuori dei paesi intorno ad Asso, diciamo dell'area che arriva a Erba, Albavilla, Pusiano, Caglio e Valbrona, mi avvisi subito. Se non potrò raggiungerla, le dirò cosa fare".

"*Chiarissimo, mariscià*".

IL DUBBIO

*Stazione dei Carabinieri di Asso,
12 febbraio*

Dalle prime intercettazioni non emerge nulla di significativo: sembra che l'elettricista conduca una vita regolare, lavorando dal lunedì al sabato, giorno in cui trascorre la serata al pub di Erba. Seguire i suoi spostamenti, sia pure solo attraverso il monitoraggio delle coordinate, ascoltare di tanto in tanto le conversazioni e, soprattutto, leggere con costanza ogni messaggio scambiato è un impegno che richiede precisione e pazienza. Il vicebrigadiere si dimostra all'altezza del compito assegnato: quand'è il suo turno provvede ai primi due controlli, mentre Tagliaferri vaglia con sapienza ogni comunicazione intercorsa dal momento in cui ha acquisito il controllo dello *smartphone* utilizzato da Schiaffina.

Proprio quando il maresciallo sta per convincersi che le sue supposizioni, originate da quei fogli gettati dall'elettricista mentre era al volante della sua Peugeot, siano completamente infondate, riceve una chiamata dal vicebrigadiere, di turno per adoperare la cimice:

"*Mariscià, chillo è uscito dalla zona solita e sembra diretto a Bellagio*".

Istintivamente Tagliaferri domanda:

"Dove si trova adesso?"

"*Sta 'n coppa alla salita per Magreglio*".

"No, intendevo dov'è lei, Esposito".

"*In caserma, mariscià. Dove sennò?*"

"Arrivo subito!"

Mentre esce dall'appartamento guarda l'orologio che porta al polso: sono le ventidue. Scarta automaticamente l'ipotesi che Schiaffina stia andando a cena sul lago: a quest'ora e in questa stagione è praticamente impossibile trovare un ristorante con la cucina ancora aperta. Potrebbe essere in compagnia e sarà facile scoprirlo attivando, sempre a sua insaputa, il microfono dell'apparecchio telefonico che ha con lui. Appena entra in caserma trova il vicebrigadiere ad attenderlo all'ingresso; con il cellulare in mano, esclama con entusiasmo:

"*Tenevo ragione! Chillo sta andando proprio a Bellagio. E aggio visto con la cinepresa che dintra all'auto sta solo*".

"Vediamo dove si ferma Schiattina e poi cerchiamo di capire cosa fa. Se opportuno, andrò di persona a dare un'occhiata".

"*Mariscià, se volete posso accompagnarvi, tanto accà ci sta pure D'Angelo*".

"E dov'è?"

"*Stà di là a bere 'na tazzulella 'e cafè. Devo jì a chiamarvelo?*"

"No, non occorre".

Le coordinate dove l'automobile dell'elettricista si è fermata corrispondono a un'area poco distante da Bellagio, prospiciente al ramo di Lecco del Lario. Tagliaferri attiva da remoto la fotocamera del cellulare e l'immagine, anche se buia e sgranata, consente di distinguere una prestigiosa villa, di cui Schiaffina valica il cancello. Esposito, seduto di fianco al suo comandante, ipotizza:

"*Forse Viciè è stato chiamato per un intervento urgente assai*".

"Anche questa è una possibilità. Dopo che sarà all'interno, attiviamo il microfono, così potremo capirlo".

Le riprese diventano più nitide poiché c'è maggiore illuminazione, sebbene siano molto traballanti: evidentemente tiene il cellulare in mano mentre cammina prima attraverso un'anticamera, poi un salone dove ci sono altre persone. Tagliaferri avvia subito anche il microfono e la funzione di registrazione, accomodandosi su una sedia e invitando il vicebrigadiere a fare altrettanto. La fotocamera adesso invia un'immagine statica del soffitto affrescato, mentre quella frontale è completamente oscurata, indicazione che lo *smartphone* è stato poggiato sul tavolo con lo schermo rivolto verso il basso. Si sente distintamente un uomo che parla e i due carabinieri ascoltano la conversazione.

«Bene, adesso che siamo al completo possiamo cominciare. Ricordo a tutti, qualora non già fatto, di spegnere i cellulari».

Esposito esclama:

"*Mannaggia o' manicomio! Se mo' chillo astuta o' telefono non possiamo sentire chiù nent!*"

"No, non si preoccupi: il *trojan* da lei installato funziona sempre, anche se Schiattina lo spegne. L'unico caso in cui non si riescono ad attivare le varie funzioni è quando la batteria viene rimossa".

"*Aggio capito. Allora dovimm sperare che chillo non la stacca da o' telefono*".

"Non credo lo faccia e quindi dubito che possiamo avere questa sfortuna. Se invece così accadesse, tutto tornerà a funzionare come prima appena la riattacca. Adesso concentriamoci a sentire quello che dicono e cerchiamo di capire in quanti sono".

Il maresciallo e il vicebrigadiere rimangono quindi in silenzio e in ascolto.

«Vorrei che ognuno di voi facesse il punto della situazione, condividendo soprattutto eventuali problematiche da risolvere. Poi interverrò io per esporvi alcune novità e delle mie considerazioni. Andando con ordine, cominci lei, architetto».

«Ho tutto sotto controllo. I mezzi disponibili, come concordato, saranno due: uno per l'operazione e l'altro per i gruppi elettrogeni. Entrambi sono provvisti di conducente. Mi domandavo però cosa devo raccontare loro».

«Di questo ce ne occuperemo dopo. Dunque nessun intoppo al momento?»

«Nessuno».

"Ottimo. Avvocato?»

«Ho finalizzato il contratto di affitto del locale commerciale; canone e relativa cauzione sono in linea con quanto preventivato. Dal quindici di marzo potremo prenderne pieno possesso».

«Una cosa in meno di cui preoccuparsi! Molto bene. Deduco che il nostro commercialista abbia già provveduto all'apertura del conto corrente in Svizzera».

«Certo! Ho anche già disposto il pagamento del primo canone e del deposito cauzionale per l'affitto. Per quanto concerne invece la transazione fittizia, come d'accordo ho aperto un secondo conto di cui ho qui le coordinate e le credenziali d'accesso per consentire a ognuno di noi qualsiasi tipologia di operazione. Solo quando si deciderà di chiuderlo, diventerà indispensabile che lo faccia io personalmente».

«Sempre a Chiasso?»

«Sì, in un'altra banca».

«Per quanto riguarda gli impianti di allarme e l'apertura della cassaforte, il nostro elettricista può darci qualche garanzia?»

Appena si sente parlare una nuova voce maschile, Esposito, con gesti eloquenti ma senza proferire parola, come se temesse che dall'apparecchio spiato qualcuno potesse accorgersi di lui, fa capire al maresciallo di aver riconosciuto Schiaffina.

«... ome ho detto più volte, non essendo mai entrato fisicamente nei locali per verificare la tipologia di impianti, posso solo supporre che le mie apparecchiature di isolamento e *jamming* siano adatte. Ho comunque provveduto a ordinare anche un apparato di ultimissima generazione, di cui ho disponibile la ricevuta, per far fronte a eventuali difficoltà, nel caso l'impianto in uso sia più moderno di quanto supponga. Ho anche già individuato i generatori e dalla prossima settimana saranno disponibili per il noleggio. Personalmente propenderei per non rimandare, onde evitare di non trovarli più disponibili».

«Un momento: dove dovrei mandare il camion per caricarli?»

«Direttamente dalla ditta che li noleggia; quindi servirebbe già da giovedì».

«Per questo non ci sono problemi».

«Infine, per quanto concerne l'apparecchio elettromagnetico da collegare al mio computer portatile, credo sia uno dei migliori disponibili sul mercato e sono sicuro che è adatto alle nostre necessità: aprire la cassaforte sarà un gioco da ragazzi».

«Direi che, fino a questo punto, possiamo ritenerci pienamente soddisfatti. Voi quattro avete svolto un ottimo lavoro! Passiamo al geometra: ha procurato l'occorrente?»

«Certo. L'attrezzatura e il materiale edile sono già depositati nel magazzino di una ditta dove nessuno fa domande».

«Provvederà autonomamente a trasferire tutto dove serve?»

«Veramente pensavo di poter utilizzare uno dei mezzi messi a disposizione dall'architetto».

«Non se ne parla nemmeno! Il camion è esclusivamente dedicato ai gruppi elettrogeni, mentre il furgone sarà impiegato solo quando si dovrà scaricare e caricare ciò che sappiamo. Non avrebbe senso coinvolgere questo mezzo prima. E poi, non credo si stia parlando di un gran volume o di un peso eccessivo che non possa entrare in una semplice auto, no?»

«Veramente non è proprio così, ma vista la sua risposta, posso organizzare da solo un mezzo idoneo».

«Come ho detto prima, sull'argomento mezzi da adibire al trasporto e al carico, così come per i conducenti, torneremo dopo, perché ho io qualcosa da precisare e alcune modifiche da apportare. Andiamo avanti e passiamo all'ultima ma non meno importante pedina della partita che stiamo per giocare: notaio, cosa ci dice?»

«Come da sue istruzioni ho redatto una seconda scrittura privata per sancire, nero su bianco, sia le norme di comportamento che ognuno di noi dovrà tenere nel periodo immediatamente successivo alla realizzazione del progetto, sia i diritti di riscatto».

«Calma, calma! Cosa intende con norme di comportamento?»

«Leggerete tutto sulla documentazione che ciascuno di noi dovrà firmare. Comunque, sostanzialmente nessun colpo di testa: acquisti smodati o partenze improvvise e ingiustificate».

Il vicebrigadiere sente di nuovo la voce di Schiaffina e lo segnala a Tagliaferri, in ascolto con sempre maggior interesse e attenzione:

«Quindi un viaggio autofinanziato, cioè con soldi guadagnati in modo lecito e alla luce del sole, non sarebbe vietato, giusto?»

«Se è evidente che si sono utilizzati fondi non riconducibili ad altre attività, ossia quella per cui siamo qui riuniti, non vedo come qualcuno potrebbe insospettirsi. Quindi nessun vincolo».

Riprende la parola l'ingegnere, il cui ruolo viene paragonato dai due carabinieri a quello di un direttore d'orchestra:

«Direi proprio che ora tocca a me. Ho ripensato al progetto sia nel suo complesso, sia in alcuni dettagli che, a me per primo, sono sfuggiti. Per tale ragione ho ritenuto opportuno stilare un cronoprogramma in cui ho inserito non solo le varie fasi, ma soprattutto le azioni e le relative responsabilità. Ne sentirete ovviamente alcune già completate o assegnate. Devo dire che i tempi sono stati ben calcolati fin dal principio e credo si possa fissare la fatidica data, facendola coincidere con il giorno dell'anniversario, visto che cade proprio di venerdì».

Si sente il rumore di un foglio di carta che viene spiegato.

«Ora vi leggo, così a ognuno di voi saranno chiare le parti di propria competenza. Ricerca geologica area d'interesse e ricerca archivi storici del Comune, a cura del geometra. Individuazione locale idoneo e relativa locazione, a cura dell'avvocato. Produzione oggetti sostitutivi, a cura dell'architetto. Apertura conto per pagamento del locale, a cura del commercialista. Reperimento materiale e attrezzature per opere murarie, a cura del geometra. Predisposizioni per il trasferimento del denaro, a cura del commercialista. Organizzazione del mezzo per il trasporto di tale materiale e delle attrezzature per la prima fase, a cura mia. Raccolta copia dei documenti di identità e loro conservazione, a cura mia. Provvedere a reperire due generatori e apparecchiature per eludere i sistemi di sicurezza, a cura dell'elettricista. Organizzare il loro trasporto per la data dell'anniversario, a cura dell'architetto. Acquistare sette tute identiche da lavoro da portare nel locale commerciale, a cura del notaio. Provvedere al carico degli oggetti sostitutivi e loro trasporto per la data dell'anniversario, a cura mia. Provvedere al noleggio di un muletto con portata pari a quindici quintali per il carico e lo scarico degli oggetti nel giorno dell'anniversario, durante e alla fine dell'operazione, a cura mia».

Una voce interrompe quella dell'ingegnere, giunto peraltro a più di metà del foglio che tiene in mano.

«Perché servirebbe un muletto? Questo significa avere un'altra persona coinvolta».

«Di questo non dovete preoccuparvi: come ho detto ci penserò io. In ogni caso, fino a questo incontro non avevamo tenuto conto del peso complessivo. Ogni oggetto del *caveau* dovrebbe essere tra i dodici e i tredici chili. Nella stima su cui abbiamo concordato, dovremmo trovare un centinaio di pezzi che, presi singolarmente come avverrà nella fase estrattiva, non rappresentano un problema. Ma una volta accumulati e sistemati nel locale preso in affitto, supereranno la tonnellata. Non avere a disposizione un muletto significa una seconda staffetta, il passamano, chiamatelo come volete, fin dentro il furgone e ciò vuol dire perdere parecchio tempo, ossia rimanere esposti. Predisponendo invece il carico in modo tale da poter essere preso da un muletto, potremo completare il trasbordo senza lungaggini e con facilità».

«Ho due domande: come pensa di far entrare questo muletto nel negozio?»

Risponde una voce differente da quella che, alle orecchie dei carabinieri, corrisponde a quella del capo della banda.

«Immagino non abbia visto il locale. Il negozio in passato fungeva da esposizione di voluminose vasche idromassaggio ed è quindi provvisto di una larga vetrina composta da due sezioni che possono essere completamente aperte».

«Meglio così. La seconda è più squisitamente tecnica e credo che lei, ingegnere, se la sia già posta, sebbene non abbia specificato l'insussistenza del problema. Il punto è questo: il pavimento del locale commerciale reggerà a tutto quel peso?»

«Alla sua domanda più che lecita può rispondere anche il nostro geometra».

«Certo. Non va dimenticato che il negozio è a piano terra. Inoltre, da quanto ho studiato, il locale, anzi, l'intero edificio in cui è inserito poggia direttamente su un terreno compatto e, a esclusione dell'opera provvidenziale lasciata dai Romani, non presenta particolari irregolarità. Dunque la pavimentazione, sollecitata da un carico, nel caso peggiore, potrà presentare delle rotture o delle crepe sul rivestimento estetico, ma nulla di più».

Un'altra voce interviene e domanda:

«Ingegnere, ha considerato che serve anche un *pallet*, un bancale su cui poggiare gli oggetti e una rete per vincolarli?»

«Ovviamente e sarà lo stesso bancale che utilizzeremo per lo scarico dei duplicati. Ora, se non ci sono altre osservazioni, proseguirei con gli ultimi punti. Una settimana prima dell'anniversario inizio dei lavori nel locale, a cura del geometra, del notaio, dell'avvocato e del commercialista. A opere completate, calcolo per stabilire il punto esatto di perforazione della galleria verso l'alto, a cura dell'architetto e del geometra. Il giorno dell'anniversario ci saranno le seguenti azioni: arrivo e posizionamento dei gruppi elettrogeni, a cura dell'elettricista; arrivo del furgone con oggetti duplicati e muletto, a cura mia; avvio dei generatori, a cura dell'elettricista. Disattivazione sistema di allarme, a cura dell'elettricista. Foratura del *caveau*, a cura del geometra, del notaio, del commercialista, dell'architetto e dell'avvocato. Apertura cassaforte, a cura dell'elettricista. A operazione conclusa, ossia quando gli oggetti originali saranno trasferiti nel locale e la sostituzione sarà avvenuta: ripristino della pavimentazione, a cura del geometra, dell'elettricista, del commercialista, dell'architetto e dell'avvocato; predisposizione del carico per il furgone, a cura mia e del notaio. Recuperare il camion per la rimozione dei gruppi elettrogeni, a cura dell'elettricista. Solo dopo che sarà di nuovo sulla piazza, prendere il furgone con il muletto per il carico degli oggetti, a cura del notaio. Trasferimento degli stessi oltreconfine, a cura del notaio, che salirà a bordo del mezzo; ripristino pavimentazione locale commerciale, a cura di tutti, a eccezione del notaio. Ciascuno di voi ha chiari i piccoli cambiamenti che ho apportato agli incarichi e le relative responsabilità? Come avrete certamente notato mi sono fatto carico di alcune cose prima affidate prevalentemente all'architetto che, pertanto, adesso è meno gravato. L'ho fatto in modo tale che, specie nelle ore precedenti all'operazione vera e propria, possa concentrarsi maggiormente sui calcoli per determinare con precisione dove forare il *tunnel*. Qualche domanda?»

Fa seguire una breve pausa prima di riprendere:

«Parliamo adesso del dopo. Il deposito in cui saranno custoditi gli oggetti sarà accessibile a ciascuno di noi ma solo unitamente al notaio, proprio a tutela di tutti. La società fittizia *offshore* già istituita dal commercialista fungerà da garante per ottenere l'equivalente in denaro che, in minima parte, sarà trasferito sul conto svizzero, non quello collegato al pagamento del canone di affitto, con un'operazione regolarmente registrata. Il resto verrà investito in criptovaluta, vincolata a ventiquattro mesi. Tale periodo è il tempo ritenuto da noi tutti necessario e sufficiente per piazzare gli oggetti originali sul mercato e saldare quindi il finanziamento ottenuto attraverso la società fittizia che, a quel punto, verrà sciolta».

Interviene uno dei partecipanti:

«Scusate, ma tutte le volte che si tocca questo punto, faccio fatica a seguire. Vediamo se questa volta sono riuscito a comprendere meglio: il commercialista ha fondato una società finta all'estero. Questa, non mi interessa sapere come, dimostra di avere un notevolissimo capitale immobiliare che le consentirà di ottenere un credito in denaro – e stiamo parlando di decine di milioni – da investire per lo più in un fondo in criptovaluta, che non possiamo toccare per due anni. Nel frattempo, il materiale custodito nel magazzino verrà messo da ognuno di noi sul mercato e con i proventi complessivi sarà saldato il debito contratto dalla società che quindi scomparirà per sempre».

«Notaio, direi che ha fatto una sintesi perfetta!»

I carabinieri riconoscono di nuovo la voce dell'elettricista quando osserva:

«Scusate ma ho un dubbio che, forse, avrei dovuto sollevare tempo fa. Se è tanto semplice come sembra ottenere diversi milioni con una società fittizia, perché non ci limitiamo a questo senza portare avanti l'intero progetto, con tutti i rischi connessi?»

«Perché pur fittizia che sia, da una società che si espone nei confronti di una banca, prima o poi si riesce a risalire a tutti i soci. Il discorso è differente per la piccola società fasulla che ha stipulato il contratto di locazione, poiché l'agenzia immobiliare che fa da tramite non è interessata a sapere chi siano i suoi soci, che comunque non sarebbe in grado di determinare».

«Ho compreso perfettamente e apprezzo la spiegazione: mi ha convinto».

«Prima mi è stato domandato cosa dire ai vari conducenti. Intanto, è bene chiarire che si tratta unicamente dell'autista del camion incaricato di trasportare i gruppi elettrogeni, più quello richiesto poco fa dal geometra, che procurerò io, ossia un mezzo per trasferire sia il materiale edile, sia l'attrezzatura per i lavori di demolizione nonché di ripristino delle pavimentazioni. Al primo conducente, solo se farà domande, va detto che sono previsti dei lavori di manutenzione elettrica straordinaria nel quartiere. Al secondo basta spiegare che si sta ristrutturando il locale commerciale. All'autista del furgone contenente gli oggetti facsimile e che sarà anche in grado di manovrare il muletto, ci penso io, per cui non dovete preoccuparvi».

IL TIMORE

Nel triangolo Lariano,
il giorno dopo

Nella caserma dove Esposito e Tagliaferri sono in costante ascolto della conversazione, il maresciallo, approfittando del silenzio momentaneamente seguito alla spiegazione fornita all'elettricista, afferma:

"Voglio dare un'occhiata da vicino al posto dove sono riuniti questi personaggi di cui non sappiamo nulla, se non le loro professioni".

"*Mariscià, vi accompagno?*"

Il comandante della stazione guarda l'orologio: la mezzanotte è passata da una ventina di minuti.

"No, grazie: non è necessario. Credo sia meglio muovermi con la mia auto, perché, rispetto a quella blu, oltre a non dare nell'occhio, sulla strada è più agile e manovrabile".

Poi, indicando il cellulare poggiato sul tavolo, aggiunge:

"Questo lo porto con me per continuare ad ascoltare quello che dicono".

Il maresciallo, rimasto in abiti civili così com'è uscito da casa, sale sulla Mazda, avvia il potente motore e sfreccia in direzione di Bellagio. Imbocca la strada che attraversa Valbrona, ritenendo il percorso più rapido rispetto a quello alternativo per Magreglio. Mentre è al volante cerca di seguire la conversazione che, in ogni caso, rimarrà registrata nell'apparecchio utilizzato per l'ascolto. Quando giunge sul lago, che appare nero come la pece, si lascia alle spalle Onno e affronta il susseguirsi di curve della litoranea per Bellagio. È ormai prossimo al punto corrispondente alle coordinate inserite nel navigatore quando, attraverso il cellulare, apprende che la riunione è prossima alla sua conclusione; sente poi le voci di alcuni che esprimono l'intenzione di uscire sulla terrazza per fumare.

Decide di rallentare poiché se, come immagina, la villa è dislocata in una via secondaria e isolata, l'arrivo della sua automobile all'una passata non può passare inosservato. Accosta circa un chilometro prima di giungere a destinazione e, sempre ascoltando quanto viene trasmesso dal cellulare dell'ignaro Schiaffina, prosegue a piedi. All'imbocco della via vede la villa parzialmente illuminata affacciata sul lago. Nota diverse autovetture posteggiate prima e dopo l'imponente cancello d'accesso, ma non si avvicina ulteriormente, poiché dal telefono spia capisce che alcuni dei presenti stanno per andare via e quindi non vuole rischiare di incrociarli. Prende un sentiero laterale che scende alla riva del lago, dove resta in attesa. Si sente il rumore dei motori delle vetture che vengono avviati e poi tutto ripiomba nel silenzio più assoluto, interrotto soltanto dalle inarrestabili piccole onde che ciclicamente si frangono sulla spiaggia ghiaiosa. Il suo intento è appurare, oltre all'indirizzo preciso della lussuosa residenza, chi ci abita.

Attende quasi mezz'ora e, nonostante indossi un abbigliamento adatto alla stagione invernale, è intirizzito dal freddo e dall'umidità che penetra nelle ossa. Torna sulla strada e vede che all'interno della proprietà è rimasta accesa solo una luce. Oltre il cancello è posteggiata un'automobile di cui però non riesce a leggere la targa. All'improvviso la porta della villa viene aperta, l'illuminazione spenta ed esce la sagoma di un uomo che si incammina verso quella vettura. Sale nell'abitacolo, mette in moto, accende i fari, apre elettronicamente il cancello e lo attraversa. Prima di essere abbagliato dai fari – e quindi visto da chi è al volante – Tagliaferri torna rapidamente sui suoi passi e imbuca di nuovo il sentiero che conduce al lago. Dalla sua posizione è in grado di vedere l'automobile rimasta ferma qualche attimo davanti all'abitazione, prima di percorrere la via che sbuca sulla provinciale che collega Lecco e Bellagio. Quando nota il fascio di luce avanzare e sfilare oltre l'inizio del sentiero, si incammina verso la proprietà. Annotato il numero civico, con lo *smartphone* illumina i pilastri in cui è incardinato il pesante cancello metallico e, su un lato, il grazioso cancelletto pedonale: è in cerca del campanello o della cassetta delle lettere su cui spera sia riportato semplicemente un cognome. Non trovando nulla e non riuscendo più a sopportare il gelo che lo pervade, si avvia verso la sua automobile. Nel frattempo, riattivata la geolocalizzazione sul cellulare dell'elettricista, ne segue i movimenti da cui deduce che sta andando ad Asso. Camminando a passo svelto e con le mani in tasca, compie una semplice riflessione:

"*Probabilmente sta tornando a casa, proprio come adesso farò io!*"

Anche Tagliaferri si dirige dunque verso la medesima località, guidando a ritroso lungo la strada percorsa circa un'ora prima. Mentre è al volante si ripromette di recarsi a quell'indirizzo con la luce del giorno, per capire, chiedendo a qualche vicino, se non direttamente al Comune, chi sia il proprietario della villa.

Appena arriva nel suo appartamento invia un messaggio al vicebrigadiere per informarlo che andrà in caserma alle otto. Al contempo continua a osservare il cellulare con cui monitorizza quello di Schiaffina: sta compiendo una navigazione in rete per visitare siti immobiliari che propongono lussuose abitazioni in Polinesia, in linea con quanto riferito alla figlia di Lochis. Continua a seguire la navigazione del venticinquenne che, adesso, sta compilando un modulo *online* per richiedere alcune informazioni specifiche; quando il ragazzo esce dal sito intuisce che sia, finalmente, in procinto di andare a dormire. Del resto, sono quasi le tre! Anche il maresciallo si sposta in camera per mettersi a riposare e, appena poggia la testa sul cuscino, si addormenta profondamente.

Viene svegliato dallo squillo del cellulare che, come sua abitudine, è acceso sul comodino. Sul *display* appare il nome del vicebrigadiere:

"*Mariscià, vi sentite bene?*"

"Sì, perché?"

"*Vi aspettavamo accà in caserma n'orata fa*".

Guarda l'orologio e trova conferma di quanto appena sentito: sono le nove e un quarto. Di conseguenza, domanda:

"Avete bisogno di me o posso fare un salto a Bellagio?"

"*Mariscià, di bisogno non ne teniamo e poi voi siete il comandante, quindi potete saltare dove volete...*"

"Allora ci vediamo prima dell'ora di pranzo".

Si prepara, attiva il microfono per ascoltare le comunicazioni di Schiaffina che, come ha già controllato, è nella zona dei paesi limitrofi ad Asso e, nel giro di un quarto d'ora, è di nuovo diretto a Bellagio al volante della Mazda. Questa volta sale a Magreglio e oltrepassa il punto più elevato della strada, corrispondente al Ghisallo, ridiscendendo poi verso la punta in cui il Lario di biforca nei due rami, di Como a occidente e di Lecco a oriente. Mentre è alla guida, sebbene a lui sia più che noto, il panorama resta sempre appagante e il timido sole spuntato tra le cime delle montagne lo riempie di entusiasmo.

Parcheggia nei pressi della prestigiosa abitazione e la raggiunge a piedi, auspicando di trovare nei dintorni qualcuno che gli possa fornire delle informazioni; tuttavia, l'area è tanto meravigliosa e tranquilla quanto deserta. Di fronte al cancello è posteggiata un'utilitaria; si avvicina e, poco dopo, nota un signore di una certa età armato di un paio di cesoie che sta potando una siepe del giardino. Reputando sia un'opportunità da non lasciarsi sfuggire, si appropinqua alla recinzione metallica e, con voce sufficientemente alta per farsi sentire dal giardiniere, domanda:

"Mi scusi, posso disturbarla un momento?"

L'uomo annuisce, posa le cesoie sull'erba, si sfila gli spessi guanti di gomma e gli va incontro dicendo:

"Certo, mi dica".

"Lei per caso sa se una di queste ville è disponibile per l'affitto?"

"Non saprei proprio".

"Nemmeno questa di cui sistema il giardino?"

"Oh, se solo i proprietari volessero: potrebbe essere affittata per dieci mesi l'anno!".

"Quindi non ci vive nessuno?"

"Macché! È di un imprenditore olandese che ci viene con la famiglia solo nei mesi estivi".

"Non sa se, per caso, contattandolo potrebbe essere disposto ad affittarmela giusto per un paio di sere? Ne sto cercando una simile per organizzare un evento".

"Guardi, non saprei nemmeno come farla mettere in contatto con l'imprenditore: ha il mio numero di conto corrente su cui versa lo stipendio e mi basta così. Io provvedo alla cura di questo giardino da molti anni prima che la villa fosse venduta all'olandese e, su proposta di chi l'aveva prima, ha accettato di tenermi al suo servizio".

"Quindi non può proprio aiutarmi?"

"Ci sarebbe la signora che si occupa delle pulizie: Lei è più in confidenza con il proprietario e forse le saprà dire qualcosa".

"Grazie. Dove posso trovarla?"

"Purtroppo non abita qui vicino: è di Magreglio".

"Per questo non c'è problema, perché potrei anche parlarle solo telefonicamente".

"Allora mi dia un attimo così le do il suo numero: ce l'ho nel cellulare che è rimasto in macchina".

Il giardiniere apre il cancelletto pedonale utilizzando una chiave e poi, seguito da Tagliaferri, recupera dalla propria automobile il telefonino. Tenendolo in mano, mostra lo schermo al carabiniere dicendo:

"Senta, guardi lei perché non ho gli occhiali e da vicino non ci vedo più tanto bene. Cerchi nella rubrica il nome Sonia".

Trascritto il numero, il maresciallo ringrazia, gli augura buon lavoro e torna verso la Mazda. Mentre cammina, chiama il numero appena memorizzato e, al terzo squillo, risponde la voce di un uomo.

"Buon giorno. Cercavo la signora Sonia ma, forse, ho sbagliato numero".

"No, è quello giusto: sono Giuseppe, suo marito. Mia moglie è andata a Bellagio per un servizio e ha dimenticato qui il telefono. Chi la sta cercando?"

"Veramente non mi conosce e il suo numero mi è stato dato dal giardiniere della villa dove lavora".

"Ho capito. Se è ancora a Bellagio, può aspettarla lì perché mia moglie dovrebbe arrivare tra non molto".

Sebbene possa attenderla, risponde dicendo di avere un impegno e doversi allontanare. Preferisce non farsi vedere di persona, poiché non esclude che la signora possa conoscere il suo aspetto: in fondo, il comandante della stazione dei Carabinieri di Asso è un viso piuttosto noto nella zona.

"Devo riferirle qualcosa o farla richiamare quando rientra?"

"No, non è necessario: la ricontatterò io nel pomeriggio. Può anticiparle che vorrei sapere se ha la possibilità di mettermi in contatto con il proprietario della villa".

"Va bene. Di questo deve parlarne direttamente con Sonia. Chi devo dire che l'ha cercata?"

"Mi scusi, ha ragione! Non mi sono nemmeno presentato".

Gli lascia il primo nome che gli passa per la testa, senza però dimenticarlo: Gianluca Bianchi.

Il maresciallo guida in direzione di Asso e riflette su quali domande porre alla signora Sonia una volta che riuscirà a parlarle. In particolare, ritiene utile sapere se conosce l'identità di almeno una delle persone che la notte scorsa occupavano la villa di cui lei si occupa: dovrebbe sapere che c'era qualcuno, visto che sta andando a sistemarla. Alla fine decide di lasciare che sia Sonia a fornirgli spontaneamente informazioni utili, senza porle alcuna domanda specifica.

Giunto in caserma, appena vede il vicebrigadiere ad attenderlo, gli domanda:

"Esposito, cosa ci fa ancora in servizio?"

"*Aspettavo a voi e o' cellulare, dato che il turno mio sarebbe che è cominciato da assai*".

"Grazie di avermi aspettato, ma non era necessario".

Prendendo lo *smartphone* dalla tasca aggiunge:

"I turni per scambiarcelo non dobbiamo considerarli rigidi come quelli di lavoro".

"*E vabbuò mariscià, poco assai m'è costato stare in compagnia di Rizzo*".

"D'Angelo è già andato via, vero?"

"*Sì, chillo torna stasera verso le nove*".

Il vicebrigadiere non sembra volersene andare e Tagliaferri, notandolo, chiede:

"C'è qualcosa che mi deve dire?"

"Veramente aspettavo che voi mi dareste, mi dataste, insomma, che mi date istruzioni se aggio ascoltare, vedere o localizzare Viciè".

"Ha ragione. Stamattina sembra sia impegnato con il suo lavoro, quindi può limitarsi a registrarne i movimenti".

"Certamente. Ci sentiamo dopo, mariscià".

È quasi mezzogiorno quando riceve la telefonata di Sonia.

"Buon giorno, signor Bianchi. So che mi ha cercata".

"Sì, buon giorno a lei. L'avrei chiamata io nel pomeriggio, perché, come forse le ha detto suo marito, vorrei sapere se ha modo di mettermi in contatto con il proprietario della villa di Bellagio".

"Scusi se domando, come mai vorrebbe parlargli?"

"Sono in cerca di una villa per organizzare un evento e, vista dall'esterno, quella mi è sembrata adatta alle mie esigenze".

"Guardi, senza farle perdere tempo a chiamare in Olanda, so già che il proprietario non è disposto ad affittarla, indipendentemente dalla cifra che può offrirgli. Del resto, come può immaginare, non ha alcuna necessità dal punto di vista economico".

"Quindi non è mai stata affittata in altre occasioni?"

"Non che mi risulti e lo saprei, perché sono io a provvedere alle pulizie e a mantenerla in ordine".

Il maresciallo riflette sul fatto la signora non possa non aver notato che nell'abitazione, fino a dodici ore prima, ci sono state delle persone. Prova dunque a dire:

"Lo domandavo perché sa, proprio ieri sera, quand'era già buio, sono transitato con la mia piccola barca non distante dalla riva su cui affaccia la villa e mi è parso di vedere delle luci accese. Ma probabilmente mi sono sbagliato".

Segue un lungo silenzio poiché Sonia è colta dal timore che l'interlocutore, quel Gianluca Bianchi, possa in qualche modo far pervenire tale notizia in Olanda. Con tono di voce incerto, commenta:

"Sì, in effetti ha ragione. Ieri sera è stata una serata particolare, organizzata direttamente dal proprietario olandese: ha lasciato utilizzare la villa a degli amici di famiglia. Ma, se la memoria non m'inganna, è la prima volta che succede".

"Ho capito".

Ritrovata sicurezza, la signora conclude dicendo:

"Se sentissi di qualche villa disponibile per l'affitto, se vuole posso farle sapere".

"No, grazie: ho una certa urgenza e provvederò da solo".

Immaginando che, anche ottenuto dal Comune di Bellagio il nome dell'olandese, non riuscirebbe a compiere progressi nella propria indagine, il maresciallo comincia a studiare un piano alternativo.

Sonia, invece, chiama subito l'ingegnere per riferirgli non tanto di quell'inatteso interessamento alla villa, quanto per informarlo di non avere più intenzione di rischiare di compromettere il rapporto lavorativo con l'imprenditore olandese.

"Per questo credo che sia proprio il caso di interrompere il nostro accordo. E, mi creda, lo dico a malincuore, visto quanto ci guadagno ogni volta che va alla villa".

"Comprendo i suoi timori, ma può star tranquilla: non correrà più alcun rischio perché non mi occorrerà più. Dunque il problema non sussiste".

"Allora tanto meglio! Grazie ancora per la busta con i soldi che ho trovato stamattina. Lei è davvero molto generoso".

I due si salutano, usando toni cordiali, quasi fossero colleghi di lavoro.

Mentre Tagliaferri sta mentalmente delineando come procedere alla luce della conversazione ascoltata durante la notte, squilla il cellulare e sul *display* appare: Annamaria Gerosa. Non collegandolo subito alla segretaria del direttore della banca d'Italia di Como, risponde con una certa titubanza:

"Pronto?"

"Maresciallo, buon pomeriggio. Mi scusi se la disturbo".

Riconoscendo la voce ricorda i timori, peraltro a suo parere del tutto immotivati, che la donna nutre nei confronti del proprio direttore.

"Buon giorno. Come va? È tutto tranquillo? Non ha più avuto problemi di natura diciamo personale, vero?"

"No, va tutto bene. L'ho chiamata proprio per dirle che aveva ragione. Il dottor Fusi non mi stava facendo la corte e sono stata io a mal interpretare alcune sue frasi, anche se l'altra sera, quando mi ha invitata a cena, ero tentata di chiamarla".

"L'ha invitata fuori a cena?"

"Sì, ma nemmeno mezz'ora dopo ho scoperto che l'invito era esteso anche ad altri colleghi: alla fine, si è trattato di un piccolo evento conviviale organizzato dal dottor Fusi, che abbiamo davvero apprezzato".

"Ah, meglio così. Mi fa piacere sapere che allora non ha più alcun timore".

"Sì, sono molto più a mio agio, per fortuna".

"Senta, il direttore è per caso ancora in ufficio?"

"Sì, certo".

"Allora gli faccio un colpo di telefono perché vorrei chiedergli delle cose".

"Be', ci risentiremo tra pochissimo, dato che sarò io a rispondere".

Infatti, digitato il numero dell'ufficio del dottor Fusi, Tagliaferri risente la signora Gerosa che, qualche secondo dopo, lo mette in comunicazione con il direttore:

"Buon pomeriggio. Sono il maresciallo Tagliaferri, ricorda?"

"Sì, certo. Il carabiniere di Asso, giusto?"

"Esatto. Scusi se la disturbo ma volevo solo sapere se nella succursale sono in programma lavori di ristrutturazione".

"No, nessuno".

"E gli impianti di sicurezza funzionano regolarmente, vero?"

"Certo. Abbiamo un sistema anti intrusione in ogni varco di accesso e uno dedicato per il *caveau* sotterraneo. C'è qualcosa che non va?"

"No, volevo solo accertarmi dell'assenza di anomalie".

"Nulla, come detto".

"Meglio così. Parlando del *caveau*, sempre se non la metto in difficoltà con la domanda, so che, oltre alle cassette di sicurezza, avete una cassaforte".

"Certo".

"Una curiosità di natura personale: al suo interno immagino sia custodito il grosso delle banconote e cos'altro? Diamanti? Lingotti d'oro?"

"Come nella maggior parte delle casseforti delle banche provviste di *caveau*, è custodito esclusivamente denaro, in valuta anche estera e lingotti d'oro. La mia succursale non tratta i diamanti. Spero di aver risposto alla sua domanda".

"Si, grazie, è stato gentilissimo. Le auguro buon pomeriggio".

L'EMOZIONE

A COMO,
3 APRILE (GIORNO DELL'ANNIVERSARIO)

È passata l'ora di cena quando a Como, in piazza Pietro Perretta, al cui centro sorge la succursale di Como della banca d'Italia, arrivano due mezzi. Dal primo, che si è fermato sul retro della succursale, scende il conducente, i cui tratti somatici sono dell'est europeo, gira attorno al camion, apre il portellone posteriore e sale sul piano di carico da cui sfila due rampe metalliche; le sistema una accanto all'altra per consentire la discesa di un grosso gruppo elettrogeno alimentato da un motore *diesel*. Lo posiziona accanto al muro esterno della banca, si rimette al volante del veicolo per guidarlo sul lato frontale, dov'è ubicato l'ingresso principale. Ripete la medesima operazione, sistemando il secondo generatore nei pressi dell'angolo più vicino al locale commerciale preso in affitto dalla banda.

A distanza di poco tempo, il secondo mezzo, un furgone guidato da una trentenne con in testa un berretto da *baseball*, sotto cui sono raccolti dei lunghi capelli biondi, si ferma esattamente davanti alla vetrina del negozio. Al suo interno, sono in corso da una settimana massicci lavori di ristrutturazione. Dall'ex esercizio commerciale esce un uomo con una tuta da lavoro: è l'ingegnere. Aiuta la donna ad aprire le porte posteriori del camioncino per poi fissare una larga rampa da cui lei, poco dopo, fa scendere un muletto. Il carico sostenuto dal piccolo mezzo elettrico ha l'aspetto di un voluminoso cubo, completamente avvolto da una spessa protezione di plastica nera; nel frattempo, l'ingegnere ha spalancato metà della vetrina per consentire lo scarico del materiale.

Dalla piazza soltanto una porzione del locale è visibile, poiché il resto è celato da un telo opaco che pende dal soffitto fino al pavimento. Dietro il tendaggio, tutt'altro che improvvisato, i sette componenti della banda hanno completato già da due giorni la prima parte del piano. Sulla pavimentazione sono riusciti a praticare un buco largo più di un metro e profondo quasi quattro. Accanto a quello che ricorda un pozzo, è accumulato tutto il materiale estratto: terra, pietre, sabbia e cemento; servirà per riempire parte del buco stesso e ripristinare la pavimentazione. È stata sistemata una lunga scala a pioli, indispensabile per calarsi in quel foro verticale che dà accesso all'antico cunicolo orizzontale, scavato nel sottosuolo dai Romani: attraversa diagonalmente l'intera piazza, passando proprio sotto al *caveau* della banca.

Tutta la squadra partecipa alla lunga staffetta per spostare i cento finti lingotti dal negozio al *tunnel*, provvidenzialmente abbastanza largo per consentire di disporli in lunghezza a lato del camminamento, senza quindi intralciare il transito. Una volta iniziati i lavori di foratura della base del *caveau*, il materiale che cadrà dall'alto sarà accumulato sul proseguimento del cunicolo che, secondo le stime fatte dall'ingegnere, verrà, anche se solo temporaneamente, ostruito completamente. Pertanto, nella galleria, che diventerà cieca dal lato opposto a quello verso il negozio, adesso sono custodite le riproduzioni false, pronte per sostituire i lingotti d'oro nella cassaforte, una volta che questi saranno integralmente trasferiti fino al locale commerciale.

Nelle ultime ventiquattr'ore l'architetto è stato lungamente impegnato insieme al geometra per calcolare e ricalcolare la distanza esatta del punto in cui perforare la parte superiore della galleria e, in successione, il cemento armato a protezione del locale del *caveau*. Dopo aver confrontato la planimetria della banca, le mappe della piazza, le coordinate ricevute dal GPS e le misurazioni compiute fisicamente dentro e fuori dal *tunnel*, ritengono di avere la certezza che il punto individuato sia corretto. Sono ben consapevoli che i loro calcoli rappresentino la fase cruciale dell'intera operazione: se perforassero poco più avanti o indietro, anziché sbucare nel pavimento libero da strutture, rimarrebbero bloccati dalle pesanti cassettiere metalliche, se non addirittura dalla cassaforte, strutture impossibili da spostare.

Sanno perfettamente che il *caveau* consiste in una stanza a pianta rettangolare di dodici metri per otto. Addossate a tre delle quattro pareti ci sono le cassette di sicurezza, sporgenti quasi un metro sulla pavimentazione. Altre sono disposte a formare un parallelepipedo, la cui base è cinque metri per tre, al centro della stanza. Sull'unica parete libera c'è l'apertura della massiccia porta blindata e all'angolo è fissata la cassaforte a chiusura elettronica, che occupa sul pavimento uno spazio di tre metri per due. In sostanza, la superficie libera ricorda una U, alle cui estremità si allarga uno spazio di quattordici metri quadrati, quattro metri per tre e mezzo. Attiguo c'è un quadrato di ridotte dimensioni, con il lato lungo un metro e mezzo.

L'obiettivo è perforare dal sottosuolo il pavimento del *caveau* in corrispondenza dello spazio più ampio, ossia in quei quattordici metri quadrati disponibili tra l'apertura della porta blindata e la cassaforte in cui sono custoditi i lingotti. Dunque il margine di errore per praticare un buco di almeno un metro di diametro è poco superiore ai due metri, nel caso più favorevole. Considerando anche che la tolleranza del segnale GPS è dell'ordine del paio di metri, ossia potrebbe esserci un errore di tale entità, il margine è limitato a meno di un centinaio di centimetri.

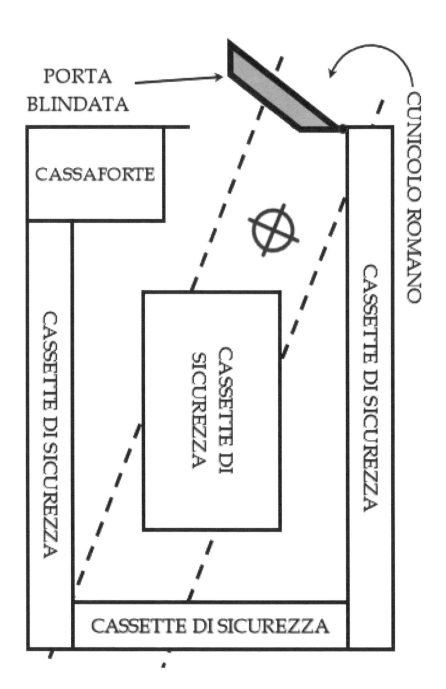

Nel cunicolo romano, oltre all'attrezzatura elettropneumatica per sfondare il soffitto in corrispondenza dell'area prescelta, è già predisposta quella per richiudere il buco, nonché il materiale occorrente – dal cemento a presa rapida, al *linoleum* e al collante inodore – per ripristinare il massetto e la pavimentazione. L'ostacolo di doverla rifare sfidando la forza di gravità e seguendo un procedimento inverso al consueto, ossia partendo dalla stesura e dall'incollaggio delle lastre di *linoleum* prima che poggino sul massetto, è stato superato dalla mente brillante dell'ingegnere: ha studiato e realizzato un tanto efficace quanto pratico sistema di impalcature di legno, leggere e facilmente trasportabili.

In ogni caso, sono tutti convinti che, anche se il rifacimento della pavimentazione per coprire il buco venisse scoperto, ciò non avverrebbe verosimilmente prima di lunedì. La banda ha quindi un vantaggio di almeno quarantott'ore. Oltretutto, non è nemmeno scontato che quando ciò accadrà, i dipendenti della banca si rendano subito conto che nella cassaforte non sono più custoditi lingotti d'oro massiccio, bensì di tungsteno dorato esternamente.

L'oscurità è già calata da tre d'ore quando l'elettricista avvia i motori *diesel* dei due gruppi elettrogeni. In particolare, da quello posizionato più vicino al locale affittato distende il lungo cavo attraverso cui viene trasmessa l'energia elettrica erogata e lo porta fin dentro il negozio. Tale accorgimento è stato pensato nell'eventualità che il successivo intervento di isolamento elettrico della banca provochi un *black-out* nella zona, fattore che impedirebbe l'utilizzo dell'attrezzatura per creare l'apertura nel pavimento del *caveau*.

Il rumore generato dai motori *diesel* che si diffonde sulla piazza è sicuramente sufficiente a coprire quello prodotto nel sottosuolo dal *team* incaricato di perforare verso l'alto, in corrispondenza del punto calcolato, il cunicolo ereditato dai Romani. Schiaffina, come da programma, si sposta sul retro della succursale dov'è installata la scatola di distribuzione elettrica, pronto per agire appena riceve la comunicazione radio dal direttore dell'intera operazione, l'ingegnere, ovviamente. Il messaggio arriva poco dopo:

"Può procedere. Attendo esito".

"Ok".

Trascorre una mezz'ora prima che un lieve calo di tensione provochi l'affievolimento delle luci dei lampioni che illuminano la piazza. Tale diminuzione d'intensità luminosa dura solo una trentina di secondi, allo scadere dei quali l'elettricista comunica:

"Esito positivo".

Raggiunge poi il negozio dove entra, dopo aver bussato seguendo un codice concordato. Insieme all'ingegnere si cala nel buco per poi entrare nel cunicolo orizzontale; si trascina dietro il lungo cavo collegato a quello srotolato dal gruppo elettrogeno. Prima di cominciare a bucare la volta della galleria, Schiaffina, per essere sicuro di non provocare l'azionamento dell'allarme del *caveau* con le vibrazioni, avvia l'apparecchio di disturbo elettromagnetico, puntandolo verso l'alto per irradiare le potenti onde che provvederanno a ingannare il sistema di protezione.

L'ingegnere guarda l'orologio: è da poco passata la mezzanotte e le tempistiche calcolate sono perfettamente rispettate. A un suo cenno, il geometra, coadiuvato senza soluzione di continuità dal commercialista, dal notaio, dall'architetto e dall'avvocato, avvia il martello pneumatico puntato di sbieco sul soffitto, nell'area appositamente pitturata di bianco. Stando alle stime basate sul tempo impiegato per completare la medesima operazione nel pavimento del negozio, tre ore saranno sufficienti per sbucare all'interno della camera blindata.

Il lavoro è gravoso e genera molta polvere che avvolge ogni cosa senza ostacolare il proseguimento dell'opera, poiché tutti coloro che sono nel cunicolo indossano occhiali e maschere provviste di filtro per ridurre al minimo i disagi provocati dal pulviscolo.

L'ingegnere entra ed esce dalla galleria ogni quarto d'ora per controllare che nella piazza tutto rimanga tranquillo. Il mezzo su cui caricare l'oro, una volta trasferiti i lingotti nel negozio, è stato spostato ed è in attesa in una via poco distante con la conducente a bordo, pronta a muoversi in qualsiasi momento.

Sono trascorse meno di due ore e, con un certo entusiasmo, il geometra, incurante della polvere che satura la galleria, si sfila la maschera e grida:

"Ci siamo! Ho forato il massetto e la punta del martello pneumatico ha cominciato a rimbalzare sulla parte inferiore del pavimento di *linoleum*!"

Nell'ora successiva il buco viene allargato fino a raggiungere un'ampiezza tale da consentire la salita e la discesa senza difficoltà. Utilizzando con maestria un affilatissimo taglierino, il geometra apre un varco tondeggiante nel materiale sintetico e gommoso che costituisce la pavimentazione del *caveau* e, poco dopo, il notaio passa una seconda scala a pioli, fissata per salire nella stanza blindata. Il primo a entrare è l'architetto e, come auspicato, non scatta nessun allarme attivato da sensori di movimento: ogni sistema di protezione è inibito dalle onde elettromagnetiche emesse dal *jammer*, utilizzato dall'elettricista. È proprio quest'ultimo il secondo ad accedere al *caveau*; ha con sé il computer portatile con il dispositivo necessario ad aprire la cassaforte e non perde tempo, mettendosi immediatamente all'opera vicino alla combinazione elettronica.

Sono da poco passate le tre quando, come per magia, lo spesso portello della cassaforte scatta all'indietro, consentendone la completa apertura. Sebbene le comunicazioni radio siano disturbate, l'intera banda viene messa al corrente che il *target* è raggiunto e comincia il lungo passamano dei lingotti: dalla cassaforte all'apertura sul pavimento, poi giù per la scala a pioli fino a disporli sul camminamento del cunicolo. Basta poco più di un quarto d'ora per svuotare completamente il ripiano su cui erano ordinatamente poggiati; ora sono tutti sistemati nel *tunnel*, tra l'uscita che conduce al negozio e i duplicati di tungsteno. La priorità è completare il trasferimento del prezioso malloppo nel negozio per poi riprendere la catena in senso inverso per sistemare le copie false nella cassaforte.

Quando i cento pezzi luccicanti sono ammucchiati sul pavimento del locale affittato, l'ingegnere e il notaio cominciano a impilarli ordinatamente sul bancale di legno, lo stesso su cui, ore prima, c'erano i lingotti di tungsteno. Con minore rapidità, anche per via della stanchezza che inizia a farsi sentire, la staffetta composta dall'architetto, dal commercialista, dal geometra, dall'avvocato e, per ultimo, dall'elettricista, di nuovo rientrato nel *caveau*, completa il collocamento dei lingotti fasulli nella cassaforte.

Poco prima delle quattro, Schiaffina chiude la porta a combinazione e, affacciandosi sopra il buco, afferma:

"Io qui ho finito".

Il geometra, dopo aver bevuto un sorso d'acqua, gli dice:

"Scenda giù. Ci pensiamo noi a rimettere a posto il *linoleum* e ricostruire il massetto. Lei torni fuori e si occupi dei generatori, come da programma".

L'elettricista poggia un piede dopo l'altro sui pioli della scala per poi percorrere la trentina di metri di galleria fino al secondo buco. Risale in superficie dove trova l'ingegnere intento insieme al notaio a vincolare la rete di protezione sopra e intorno al cubo d'oro massiccio, ancora completamente scoperto. Il colpo d'occhio è impressionante e il venticinquenne rimane per qualche attimo attonito, finché il regista dell'intera operazione non lo esorta dicendo:

"Anziché star lì imbambolato, le dispiacerebbe darci una mano con queste cinghie di fissaggio?"

Provvede immediatamente ad aiutarli e quel blocco luminescente, il cui valore complessivo supera i sessantacinque milioni di euro, viene ingabbiato nella spessa rete di tessuto, poi coperta con un telo di plastica nero. Notando l'espressione incerta sul viso dell'elettricista, il notaio guarda l'ingegnere e commenta:

"Credo sia rimasto scioccato nel vederli tutti insieme in quest'ambiente più luminoso e aperto rispetto al *caveau* e alla galleria".

Poi, rivolgendosi a Schiaffina, aggiunge:

"Pensi che una quindicina sono praticamente già suoi e valgono circa nove milioni!"

Balbettando, il ragazzo replica:

"Lo so e non riesco proprio a crederci!"

Il notaio, sorpreso dall'improvvisa difficoltà linguistica manifestata, domanda:

"Cos'è, l'emozione le fa brutti scherzi? Non mi pare di averla mai sentita balbettare".

Continua esclamando:

"Comunque posso ben capirlo! Questi lingotti cambieranno la vita a ognuno di noi! Lei è stato molto fortunato: avessi io ancora la sua giovane età…"

L'elettricista annuisce senza rispondere. L'ingegnere esorta l'elettricista dicendo:

"Forza! Cosa fa ancora qui? Vada a recuperare il camion per rimuovere i generatori!"

Schiaffina si avvia all'esterno del locale; i due rimasti nel locale sanno che a piedi impiegherà almeno un quarto d'ora fino a raggiungere e oltrepassare Porta Torre per poi arrivare nel luogo in cui è in attesa l'autista del camion. Quest'ultimo, dopo aver scaricato ore prima nella piazza i due voluminosi gruppi elettrogeni, è stato istruito a spostare il mezzo fuori dalle mura del centro storico, per non dare nell'occhio.

In quel momento, nel locale commerciale si sente un rumore sordo provenire dal buco nel pavimento, da cui, poco dopo, fuoriesce una densa nuvola di polvere. Una volta che si deposita, il trio allarmato si avvicina al varco d'accesso al cunicolo romano per capire che cosa sia successo. Si odono delle grida e un vociare concitato: l'ingegnere scende la scala a pioli e a sua volta urla:

"State bene? Cos'è successo?"

Non ha con sé una torcia e quindi, prima di farsene passare una per avanzare, ripete le domande un altro paio di volte. Finalmente ottiene una risposta dall'architetto, del quale riconosce la voce, nonostante distorta dalla conformazione della galleria e sembri giungere da ben oltre la trentina di metri di distanza alla quale dovrebbe trovarsi, ossia sotto il *caveau*.

"Stiamo tutti bene. Il materiale che stavamo cementando a sostegno del pavimento ci è crollato addosso e ha parzialmente danneggiato la sua ingegnosa impalcatura. I detriti insieme alle assi di legno bloccano l'uscita dal cunicolo. Se vogliamo portare a termine il piano abbiamo bisogno di più tempo perché dobbiamo ricominciare tutto daccapo. Altrimenti, con un po' di fortuna, nel giro in un'ora al massimo riusciremo ad aprirci un varco grande abbastanza per passare e raggiungere poi il negozio".

Dopo una breve riflessione l'ingegnere grida:

"Il tempo non ci manca: se nessuno è ferito e ve la sentite, riprendete a lavorare per rendere solido il pavimento".

Alla conclusione di una breve consultazione tra l'architetto e gli uomini rimasti temporaneamente in trappola come fossero dei topi, l'ingegnere riceve la risposta auspicata:

"Va bene: ricominciamo".

Il capo banda, risalita la scala a pioli, trova il notaio con espressione carica di apprensione. Lo tranquillizza subito affermando:

"Nulla di grave: un piccolo crollo che porterà via un po' di tempo, ma nessuno si è fatto male. Quindi noi possiamo proseguire con la nostra parte di piano".

IL CASSONE

*Sempre a Como,
4 aprile (prima dell'alba)*

L'operazione congiunta tra Carabinieri e Polizia di Stato sta per scattare. Il responsabile è il tenente colonnello Bolla, il comandante provinciale dei Carabinieri di Como; al suo fianco, nell'automobile priva di segni di identificazione, siede il maresciallo Tagliaferri, ideatore e regista dell'intero piano d'azione.

Schiaffina è sui sedili posteriori: indossa ancora la tuta da lavoro ed è da poco entrato nell'abitacolo.

Il maresciallo guarda l'orologio: sono le quattro e mezza. Si volta e gli domanda:

"Allora? Tutto è andato come la sua banda ipotizzava?"

"Sì, forse anche meglio di quanto prevedevamo, perché è servito meno tempo".

"I lingotti sono già nel negozio?"

"Sì, pronti per essere caricati dal muletto sul furgone".

"Che però non è ancora davanti al negozio perché ciò accadrà solo dopo l'arrivo sulla piazza del camion per rimuovere i gruppi elettrogeni, corretto?"

L'elettricista conferma e precisa:

"Sarebbe il camion che avrei già dovuto recuperare io, anziché essere qui".

Interviene Bolla, per redarguire il venticinquenne:

"Schiaffina, non faccia allusioni ironiche o polemiche. Deve solo ringraziare la lungimiranza e la condiscendenza del maresciallo! Fosse stato per me, l'avrei già sbattuta in galera!"

Intimorito dal tono usato dal tenente colonnello, manifesta un'evidente balbuzie e risponde:

"Mi scusi, non era mia intenzione".

"L'ho spaventata? Guardi che può considerare di essere tra amici".

Interviene Tagliaferri che suggerisce:

"Forse adesso sarebbe meglio proseguire con l'operazione".

"Il maresciallo ha ragione. Forza, vada dal conducente e faccia spostare il camion, seguendo il piano che avete escogitato. Ci vediamo tra poco".

Il venticinquenne esce dall'automobile e si incammina lungo le mura per raggiungere il posto in cui è parcheggiato il mezzo per la rimozione dei generatori. Trova l'autista seduto su un muretto a fumare una sigaretta; l'uomo, alto quasi due metri, riconoscendolo gli si avvicina e, con un italiano stentato ma comprensibile, domanda:

"Adesso andare prendere macchinari?"

"Sì, vengo con te. Sai tornare nella piazza o devo darti delle indicazioni?"

"Io avere navigatore".

Impostato l'indirizzo, avvia il motore e percorre viale Cesare Battisti e viale Lecco; attraversato il passaggio a livello, volta prima a sinistra su via Bettinelli, poi a destra su via Indipendenza e ancora a destra su via Luini, che conduce direttamente alla piazza dove ha sede la succursale. Il centro storico è deserto, come del resto normale per quell'ora, troppo tarda per chi la sera ha fatto baldoria e troppo anticipata per l'arrivo dei mezzi della nettezza urbana.

Il conducente parcheggia in prossimità del gruppo elettrogeno posto sul retro della banca e Schiaffina scende dal veicolo, allontanandosi a passo svelto in direzione del negozio dove trova solo l'ingegnere. Avendo visto arrivare il camion, il notaio, come da programma, è già uscito per andare a prendere il camioncino su cui c'è il muletto, ora indispensabile per trasferire i lingotti. Il resto della banda è ancora bloccato nel cunicolo, alle prese con il ripristino della pavimentazione del *caveau* e con il rifacimento del massetto sottostante, nonché a provvedere al riempimento almeno parziale del buco creato nella volta della galleria.

L'ingegnere, dopo aver informato l'elettricista di quanto accaduto alla squadra al lavoro nel cunicolo, non gli rivolge più la parola. I due, però, si scambiano sguardi intensi, con espressioni cariche di tensione, evidentemente scaturita dall'avvicinarsi del mo-men-to cruciale e conclusivo dell'operazione. A Schiaffina quella decina di minuti intercorsa prima dell'arrivo del furgoncino nella piazza, proprio davanti al negozio, sembra interminabile. Esce insieme all'ingegnere per spalancare i portelloni posteriori prima ancora che il notaio apra la portiera del passeggero e scenda. L'ingegnere torna all'interno del locale e provvede ad aprire la vetrina per consentire al muletto, manovrato come in precedenza, dalla donna che era alla guida del furgone, di entrare a caricare il bancale.

I tre uomini si spostano all'esterno a osservare il veicolo elettrico mentre scende dalla rampa e si posiziona nel negozio per sollevare il carico. Il notaio chiede notizie di quelli bloccati nel cunicolo e la risposta ottenuta è sintetica:

"Stanno lavorando".

Il muletto, reggendo il preziosissimo materiale vincolato al bancale, procede in retromarcia. La trentenne che è al volante, solleva le forche e deposita il carico nel furgoncino, spingendolo poi verso la parte anteriore del vano per lasciare uno spazio sufficiente a ospitare a bordo il mezzo stesso.

Il notaio, dando un lieve colpo con il gomito al braccio dell'ingegnere, esclama con entusiasmo:

"È quasi fatta!"

Entrambi sorridono, mentre Schiaffina osserva le pareti degli edifici attorno a loro tingersi di luce blu lampeggiante. Trascorre una manciata di secondi quando una serie di pattuglie appartenenti alle forze dell'ordine, provenienti da varie direzioni, invade la piazza e circonda completamente il furgoncino. Dalle volanti escono con impeto, alcuni Carabinieri e agenti della Polizia che immobilizzano i tre uomini e la donna, rimasti peraltro basiti dallo sgomento.

A distanza di breve tempo arriva anche l'automobile anonima guidata dal comandante provinciale dei Carabinieri. Tagliaferri e Bolla escono dalla vettura, si avvicinano al quartetto già ammanettato e il più alto in grado dei due domanda:

"Dove sono gli altri?"

Non ricevendo alcuna risposta, fa un uso, apparentemente inappropriato per la circostanza, d'ironia ed esclama:

"Non mi vorrete mica raccontare che siete riusciti a fare questo bel colpo solo in quattro!"

La trentenne scoppia a piangere e interviene l'ingegnere che, con tono estremamente freddo, afferma:

"Gli altri sono nel cunicolo".

Continuando intenzionalmente a usare un tono ironico per innervosire gli arrestati, Bolla domanda:

"Dobbiamo indovinare dov'è questo cunicolo o potrebbe essere così gentile da spiegarcelo?"

"Nel negozio alle mie spalle c'è un buco nel pavimento che conduce a un'antica galleria. Gli altri sono rimasti bloccati là sotto per un crollo".

Il tenente colonnello, allarmato, si volta e ordina ai suoi uomini di prendere dalle autovetture un paio di valigette di pronto soccorso e penetrare al più presto nel cunicolo. Specifica:

"Sbrigatevi: c'è il rischio che crolli tutto e il resto della banda potrebbe rimanere sepolto! Portateli fuori senza che nessuno si faccia male!"

Poi, rivolgendosi a Tagliaferri, propone:

"Andiamo a dare un'occhiata sul furgone: non capita tutti i giorni di vedere un malloppo del genere".

Alcuni Carabinieri agganciano alla parte posteriore del mezzo la rampa che era stata rimossa per agevolare il movimento del muletto e la coppia sale nel vano di carico. Dopo aver scattato alcune fotografie, Bolla afferma:

"A lei l'onore di calare il sipario".

Gli passa un coltello con cui tagliare e rimuovere prima il telo di plastica nero, poi l'imbragatura in cui è avvolto il blocco che, nel complesso, ha una base quasi quadrata di lato poco superiore al mezzo metro e un'altezza di una ventina di centimetri. Il maresciallo manovra con abilità la lama, scoprendo finalmente i lingotti d'oro, disposti su sei file per quattro e impilati su quattro livelli; i quattro lingotti rimanenti sono stati fissati sulla sommità con del nastro adesivo.

"Bello spettacolo, eh?"

All'esternazione del tenente colonnello, Tagliaferri sorride e commenta:

"Soprattutto essere riusciti a impedire che tutto questo oro sparisse all'estero".

Nel frattempo, una squadra di agenti sta facendo uscire dal cunicolo, uno alla volta, il resto dei componenti della banda e, dopo averli ammanettati, li raggruppa insieme agli altri quattro, di fianco al muletto. All'interno del furgoncino, Tagliaferri sbatte un piede contro qualcosa di compatto e nota che si tratta di un cassone di legno, coperto da un telo di plastica nera, pressoché identico a quello utilizzato per avvolgere il bancale con i lingotti d'oro. Prova a spostarlo ma è pesantissimo; rivolgendosi a Bolla, osserva:

"Anche se Schiaffina non ne ha parlato, in questa cassa potrebbero esserci delle armi".

"Apriamola e vediamo!"

I due carabinieri, ottenuta una spranga per schiodare il coperchio del cassone, la aprono senza difficoltà, poiché le quattro pareti laterali sono a incastro, come se fosse stata assemblata proprio per essere aperta agevolmente. Ciò che trovano al suo interno li lascia disorientati; il tenente colonnello si volta verso l'apertura posteriore del camioncino e grida ai suoi uomini:

"Mandatemi qua sopra Schiaffina!"

L'elettricista, ammanettato, viene preso e aiutato a salire sul furgone, mentre gli altri sei uomini si chiedono come faccia il carabiniere a conoscere già il suo nome. L'ingegnere impiega pochi attimi per capirlo e grida:

"Elettricista, sei un infame! Ci hai traditi e venduti alla Polizia!"

Anche gli altri comprendono quanto accaduto e cominciano a inveire all'indirizzo del venticinquenne che ora è sul piano di carico del mezzo. Il vociare viene zittito quando gli agenti, mostrando i manganelli, esortano gli arrestati a rimanere in silenzio.

Tagliaferri prende per il braccio Schiaffina, lo porta vicino alla cassa aperta, ben illuminata dalle torce elettriche e gli domanda:

"E questi altri lingotti da dove sono spuntati? Il vostro piano non prevedeva che quelli originali fossero sostituiti da copie false?"

"Sì, è così e i lingotti di tungsteno dorato sono già tutti nella cassaforte del *caveau*".

"Allora questi che, a occhio e croce, sono guarda caso proprio un centinaio, cosa ci fanno qui?"

Dopo una riflessione, l'elettricista esclama:

"Lo so io cosa ci fanno! Che figlio di... Evidentemente non sono stato l'unico ad aver fatto il doppio gioco!"

Poi domanda:

"Posso essere riportato giù con gli altri? Avrei qualcosa da dire loro".

Il maresciallo, sempre tenendolo per il braccio, risponde:

"Va bene, ma non faccia colpi di testa: la sua situazione è già abbastanza delicata".

Quando il venticinquenne torna a contatto con il resto della banda, gli uomini ricominciano a offenderlo pesantemente finché lui non reagisce, ponendo una semplice domanda all'ingegnere:

"Ricordo male o da un certo momento in poi ha preso lei l'incarico originariamente affidato all'architetto per occuparsi personalmente di questo mezzo e dell'autista?"

"Sì, preferivo che lui si concentrasse sui calcoli per perforare nel punto giusto, come vi avevo precisato".

"E anche lei i calcoli li sa fare proprio bene! Chi come me non sapeva che sul furgoncino c'è un altro centinaio di lingotti falsi? Lei, caro il nostro ingegnere, aveva intenzione di sostituire una seconda volta a quelli veri, con la complicità del notaio o di questa donna!"

Il notaio ribatte:

"Io di questa storia non ne so proprio niente!"

Poi, guardando l'ingegnere, domanda:

"È vero quello che ha appena detto l'elettricista? Aveva in programma di fare il doppio gioco con tutti noi?"

L'ingegnere resta in silenzio. È la trentenne che, rimasta fino a quel momento chiusa nella propria disperazione, si asciuga le lacrime e comincia a parlare, rivolto lo sguardo all'ingegnere, usando un tono tanto esasperato quanto aggressivo:

"È tutta colpa tua! Sei tu che mi hai coinvolto in questa faccenda, illudendomi che, dopo il colpo, non avremmo più avuto problemi né di soldi, né con tua moglie! Sei un bastardo! Mi hai usata solo perché ti serviva qualcuno di cui poterti fidare che sapesse manovrare quel fottuto muletto! E chi se non io? E pensare che sei riuscito persino a convincermi che nel magazzino sarebbe stato facile distrarre il tuo amico, questo notaio, mentre avrei aperto la cassa di legno con i lingotti falsi, scaricandoli al posto di quelli veri, che sarebbero rimasti sul furgone!"

Riprende fiato per poi fulminare con lo sguardo Schiaffina, urlando:

"E tu? Maledetto traditore che hai fatto il doppio gioco per fotterci tutti quanti! Mi spieghi cosa ti hanno promesso in cambio? Io ho perso tutto e adesso finirò a marcire in galera, per colpa tua, anzi vostra! Vi odio! Che possiate tutti bruciare all'inferno!"

Tagliaferri si avvicina al gruppetto e, per sedare gli animi, afferma:

"Mi sembra che ci sia più di uno che ha fatto il doppio gioco, anzi, direi proprio che, nel complesso, con questo tentativo di fregarvi a vicenda abbiate messo in atto una gara di salto triplo! L'unica distinzione è che c'è stato chi, come Schiaffina, ha preferito collaborare con noi per salvare se stesso da una situazione compromettente e chi, come l'ingegnere, non si è fatto scrupoli per ingannare tutti. E ci sarebbe anche riuscito, se non fossimo intervenuti noi!"

IL POLITICO

AD ASSO,
DUE GIORNI DOPO

Tagliaferri si trova nel soggiorno del suo appartamento con l'impianto hi-fi acceso, dalle cui casse acustiche vengono emessa le note di un intramontabile brano dei Pink Floyd. Nella tasca dei pantaloni ha il cellulare con la suoneria impostata in modalità vibrazione; si è appena spostato in cucina per prendere dal frigorifero una bottiglia d'acqua quando sente sulla coscia destra lo *smartphone* che comincia a vibrare. Lo sfila dalla tasca e legge sul *display*: Lochis.

"Ciao Adriano, come stai?"

"Bene, grazie. Tu piuttosto? Volevo farti i miei vivissimi complimenti per il successo!"

"Grazie. Mi fa molto piacere ricevere la tua chiamata".

"Sapevi che la notizia della brillante operazione condotta a Como dall'Arma cui appartieni ha già fatto il giro del mondo? E il tuo nome è ben in evidenza, come ideatore della stessa!"

"Sì, ho letto un articolo sul giornale provinciale".

"E Arianna ha visto un breve servizio alla CNN! Titolava qualcosa come *sul lago di Clooney sventato il colpo del secolo!*"

Sorridendo, il carabiniere commenta:

"Già: dopo che quella lussuosa villa di Laglio è stata venduta a George Clooney, gli americani associano il lago a lui, non più a Como".

"Be', sta di fatto che adesso il tuo nome è noto anche negli Stati Uniti!"

Con spiccata ironia il maresciallo afferma:

"Infatti sono sicuro che appena ci tornerò sarò fermato da migliaia di ammiratori che mi chiederanno un autografo!"

"In un certo senso, la tua celebrità meriterebbe un autografo".

Manifestando la solita modestia, che comunque accomuna i due amici, Tagliaferri ribatte:

"Alla fin fine ho fatto solo il mio dovere. È stato un po' come se tu sull'aereo che piloti devi affrontare un'emergenza e riesci a risolverla, atterrando poi in sicurezza."

Il colonnello obietta:

"Non è proprio la stessa cosa perché io comunque ho una *check-list* da seguire e, per fortuna, poco è lasciato all'improvvisazione o all'inventiva. Invece, nel tuo lavoro credo possa risultare determinante, come forse è stato in questa circostanza, o sbaglio?"

"Per certi versi devo darti ragione, anche se il merito non è solo mio".

"Be', adesso che l'operazione si è conclusa, potresti rivelare a me e, soprattutto, ad Arianna, che è molto interessata alla vicenda anche per prendere ulteriori spunti per la sua tesi, come hai fatto a venirne a capo?"

"Anzitutto dovresti farmi la cortesia di ringraziarla una volta di più per il piccolo ma significativo contributo che ha dato quando si è intrattenuta con Schiaffina".

"A proposito, che fine farà quel ragazzo?"

"Starà al fresco al Bassone di Como per un po' di tempo, finché non verrà trasferito nel carcere di Opera, a Milano, da dove poi uscirà nel giro di qualche mese".

Lochis, sentendo la risposta, rimane sorpreso non tanto perché auspicasse che il coetaneo di sua figlia rimanesse in prigione più a lungo, quanto perché immaginava che la pena inflitta a dei ladri, per di più colti in flagranza di reato, si rivelasse nella realtà dei fatti più severa.

"Mi stai quindi dicendo che, nonostante lo spettacolare arresto compiuto da te e dai tuoi colleghi, quei criminali rimarranno per così poco tempo in prigione?"

"Non è proprio così. Schiaffina è un'eccezione e tra poco capirai perché. In generale, i componenti della banda rischiano fino a dieci anni a testa, esclusa la donna".

"Quale donna, scusa? Nelle immagini trasmesse in tv erano inquadrati solo alcuni uomini che indossavano tute da lavoro dello stesso colore".

"C'era anche una trentenne che era la conducente del furgoncino su cui erano stati caricati i lingotti. Apparentemente, ha avuto solo un ruolo marginale, sebbene a insaputa di tutti o quasi facesse parte di un secondo piano di cui poi ti dirò".

Il colonnello, ancor più confuso, preferisce non interrompere l'amico, sicuro che la sua spiegazione sarà esaustiva.

"Partiamo però dall'inizio, o forse farei meglio a dire da metà. Una settimana dopo che tu e Arianna siete venuti qui ad Asso, è finalmente arrivata l'autorizzazione alle intercettazioni ambientali. Grazie alla collaborazione dei miei subalterni, con una scusa abbiamo chiamato Schiaffina in caserma per un intervento di manutenzione elettrica. In quella circostanza sul suo cellulare è stato installato un *software* per tenerlo sotto controllo. Abbiamo così avuto la possibilità di attivare sul suo apparecchio il microfono, le fotocamere, il sistema di localizzazione, di seguire le navigazioni in rete, le attività sui *social* e accedere alla posta elettronica".

"Cioè siete riusciti a mettergli un *trojan*?"

"Bravo! Vedo che parliamo la stessa lingua. Da quanto ascoltato siamo riusciti a capire che un gruppo di persone, di numero e identità ignota, Schiaffina a parte, aveva un piano criminale per un colpo in banca. Sono stato in grado di dedurlo solo perché ero già in possesso delle informazioni di cui ti avevo detto che mi avevano portato proprio alla succursale di Como della banca d'Italia. Senza, sarebbe stato pressoché impossibile risalire a dove avevano pianificato di fare il furto, perché durante la riunione non sono mai stati nominati né il nome della banca, né cosa volevano rubare, né tanto meno quando".

Lochis lo interrompe di nuovo per domandare:

"E immagino che hai scoperto la data quando il coetaneo di Arianna si è tradito usando il telefono".

"Macché! E ti dirò di più: le informazioni ricavate da tua figlia, anche se apparentemente potevano sembrare poco attinenti allo scopo, si sono rivelate essenziali per scuoterlo psicologicamente. In sostanza, una volta che mi sono fatto un quadro più preciso della situazione, ho richiamato l'elettricista in caserma, sempre con la scusa di un guasto. Una volta nel mio ufficio, l'ho messo sotto torchio simulando di sapere molte più cose su di lui e sul piano criminale di quante in realtà ne conoscessi. E per farlo, sono partito proprio da quello che aveva raccontato ad Arianna, come per esempio la sua passione per il *free climbing* o l'intento di comprare una barca a vela, appena avrebbe avuto la disponibilità economica. In principio, quando lo collegavo alla banda che stava organizzando il colpo, ha continuato a negare, dichiarando di non sapere di cosa stessi parlando. Però, dopo avergli detto di conoscere il suo progetto di trasferirsi in Polinesia, è crollato; l'ho invitato a collaborare, garantendogli una riduzione della pena per il reato di tentato furto. Dopo che mi ha spiegato per filo e per segno quale fosse il piano, gli ho chiesto di rivelarmi i nomi dei componenti della banda di ladri, in modo tale da procedere con il loro arresto preventivo. La sorpresa è stata che degli altri sei conosceva solo la professione e di uno possedeva copia della carta d'identità; mi ha poi detto che se lo avessi rintracciato, questi aveva la copia del documento di un altro dei sette e così via. Uno alla volta avrei quindi potuto risalire, se non rintracciare, rapidamente l'intera banda. Si è anche offerto di portarmi alla villa dove credeva abitasse l'ingegnere ed è rimasto perplesso quando gli ho detto che, in realtà, la mente che aveva escogitato il piano aveva utilizzato quell'abitazione proprio con lo scopo di non dare adito a nessuno di rintracciarlo".

Il colonnello, non comprendendo perché, acquisite quelle informazioni, l'amico fosse intervenuto a furto praticamente compiuto, gli domanda:

"Nonostante avessi i dati anagrafici di un altro membro della banda non hai avuto il tempo di bloccarli perché il colpo era ormai imminente?"

"No. Il fatto è che c'è voluto poco per verificare che, purtroppo, il documento di cui Schiaffina aveva copia era falso: nome, cognome e data di nascita del soggetto riportati sulla carta d'identità corrispondevano a un uomo defunto una decina di anni fa. Pertanto, ai fini di prevenire il furto in banca, non potevo fare molto. Però, anche non conoscendo chi fossero i ladri, avevo due grandi vantaggi: sapevo luogo, data e modalità di esecuzione del colpo e avevo in pugno un membro della banda che avrebbe continuato a far parte del piano!"

Il colonnello, approfittando di una pausa dell'amico, interviene per ipotizzare il seguito:

"Quindi hai sfruttato il ruolo dell'elettricista per cogliere il resto della banda in flagrante".

"Esattamente!"

"Sono proprio contento del successo che hai ottenuto e, ancora una volta, hai dimostrato non solo a te stesso che il tuo intuito non sbagliava".

"Aspetta perché non è finita qui. Ci sono stati altri imprevedibili risvolti che però non sono stati resi noti ai media".

"Cioè?"

"Dagli articoli apparsi sui quotidiani avrai certamente letto che la banda aveva predisposto dei lingotti falsi, in tungsteno dorato, che sono stati sostituiti a quelli d'oro nella cassaforte del *caveau*".

"Sì e immagino abbiano studiato questo stratagemma per ritardare il più possibile la scoperta del furto, guadagnando tempo".

Tagliaferri versa dell'acqua nel bicchiere e ne prende un sorso prima di riprendere:

"Già. E per la stessa ragione stavano anche provvedendo a tappare il buco creato sotto al *caveau*, rifacendone perfino la pavimentazione. Quello che ha sorpreso i membri stessi della banda è stato quando io e il tenente colonnello Bolla, che sarebbe il comandante provinciale dei Carabinieri di Como, siamo saliti sul piano di carico del furgone su cui erano stati già trasferiti i lingotti d'oro. Diversamente da quanto mi aveva riferito Schiaffina, sul camioncino c'era un altro blocco con un centinaio di lingotti avvolto in un telo di plastica nera, esattamente come quelli veri che erano stati appena caricati. Quando ho chiamato l'elettricista per capire se ci fosse stato un cambiamento del piano originale e quindi non avessero sostituito i lingotti d'oro con quelli falsi, è rimasto più perplesso di quanto fossi io, perché quello era un *set* addizionale di lingotti fasulli. Poco dopo, ripensando ad alcune modifiche sostanziali apportate all'ultimo momento proprio a quella fase del piano e su insistenza del suo stesso ideatore, ha intuito che qualcuno – e lui sapeva già chi – stesse facendo il doppio gioco a danno degli altri componenti della banda. In sostanza, la conducente del furgoncino, poi rivelatati amante dell'ingegnere e sconosciuta agli altri sei, avrebbe fatto in modo di sostituire i lingotti veri con quelli falsi quando li avrebbe depositati nel luogo concordato. L'ingegnere, nell'interrogatorio cui è stato sottoposto, ha chiarito quasi subito il ruolo secondario dell'amante per tentare di scagionarla. Ma non è finita qui!"

Quasi divertito, Lochis esclama:

"Caspita, con tutti questi colpi di scena sembra la trama di un film!"

"In effetti, ci manca poco! L'ingegnere, incentivato dalla possibilità di beneficiare di alcune attenuanti e quindi di ottenere uno sconto sulla pena se avesse collaborato, ha rivelato di sua spontanea volontà un'altra incredibile novità".

"Cioè?"

"In realtà, anche lui ha agito per conto di un altro personaggio, un importante politico e imprenditore italiano di cui, tuttavia, non posso farti il nome. L'oro, una volta sottratto al resto della banda, sarebbe stato trasferito in Svizzera, in un deposito di proprietà dell'imprenditore stesso. In sostanza, questi, secondo l'accordo stabilito, avrebbe acquistato l'oro a metà del suo valore di mercato, versando l'importo su un conto criptato intestato all'ingegnere. A quel punto, l'ideatore del piano e la sua amante avrebbero beneficiato da subito di una cifra che si aggira intorno trenta milioni di euro".

"Roba da matti! L'ingegnere aveva studiato questo colpo davvero in modo perfetto, non solo nella sua realizzazione, ma anche per quanto concerneva..."

Mentre Lochis continua a parlare, Tagliaferri sente il segnale di un avviso di chiamata; allontanato per un istante il cellulare dall'orecchio, vede sul *display* il numero della propria caserma e allora interrompe il colonnello affermando:

"Scusa Adriano ma devo salutarti: mi stanno chiamando dalla caserma".

"Ok, ti saluto".

Risponde quindi alla telefonata e apprende che in caserma si è presentata una signora, alla quale l'appuntato di turno non ha ancora domandato le generalità, che sta insistentemente chiedendo di parlare con il comandante. Prende le chiavi dell'automobile e, mentre si dirige con immediatezza alla stazione dei Carabinieri, immagina si tratti di Annamaria Gerosa, la segretaria del direttore della succursale, probabilmente convinta che qualcun altro la stia importunando. Ad attenderlo trova invece una cinquantenne mai vista prima. La fa accomodare nel suo ufficio e, dopo un breve scambio di presentazioni, apprende che si tratta di Sonia, la signora con la quale, sebbene lei non se ne sia resa conto, aveva già parlato spacciandosi per quel Gianluca Bianchi interessato ad affittare la villa da lei accudita nei pressi di Bellagio.

"Mi dica, cosa posso fare per lei?"

"Ecco, io ho visto il servizio in televisione e ho letto sul giornale che siete stati lei e il colonnello, adesso non mi viene il nome, ad arrestare la banda di ladri. Siccome abito a Magreglio, impiego meno a venire ad Asso piuttosto che arrivare a Como da quel colonnello".

"Bolla, è il nome del comandante provinciale di Como".

"Sì, Bolla, ha ragione. Ecco, sono qui da lei perché uno dei ladri io l'ho conosciuto".

"Mi faccia capire: in quale occasione vi siete incontrati?"

La donna gli racconta dettagliatamente la successione degli eventi e degli accordi presi da quand'era entrata in confidenza con la moglie dell'ingegnere all'ultima volta che quest'ultimo aveva usufruito della villa. Poi, con espressione abbattuta, domanda:

"Adesso che ho fatto questa confessione e le ho rivelato le relazioni che avevo con il marito di Lorenza, mi arresterà?"

"Signora, se dovessimo arrestare tutti quelli che hanno avuto dei contatti con un ladro credo che molte città si svuoterebbero! Apprezzo la sua dichiarazione spontanea, ma non avevamo né nutriamo alcun sospetto nei suoi confronti: quindi può ritenersi assolutamente estranea alla faccenda. Stia tranquilla e torni pure a casa".

"Va bene, grazie. Mi sono tolta un gran peso dalla coscienza. Una domanda: i soldi che mi ha dato l'ingegnere devo restituirli a qualcuno?"

"Non vedo il motivo. Faccia una bella cosa: ne dia una parte in beneficenza e la rimanente la spenda per una bella vacanza, da sola o con suo marito Giuseppe".

Sentito pronunciare il nome del coniuge, resta perplessa perché non riesce a spiegarsi come il maresciallo possa conoscerlo. Poi si alza e risponde:

"Va bene, farò come mi ha suggerito. Posso farle un'ultima domanda?"

"Certo".

"Ci siamo per caso già conosciuti?"

"No, ma tenga presente che noi carabinieri siamo sempre molto ben informati".

Biografia

Alessandro Lo Curto nasce nel 1973. Cresciuto in Brianza, ha vissuto prevalentemente nell'area romana, ma ha anche abitato in diverse città italiane, oltre che negli Stati Uniti, in Germania e nei Paesi Bassi. Nelle vesti professionali di pilota di aeroplani e in quelle più ordinarie di turista ha avuto l'opportunità di visitare molte località del mondo. Viaggiare gli ha permesso di acquisire rapidamente molte conoscenze che, unite al frequente confronto con molteplici culture, gli consente di condividere, attraverso i suoi romanzi, esperienze uniche e sempre emozionanti.

«Quando scrivo, che si tratti di un romanzo o di un breve racconto, pongo sempre particolare attenzione alla descrizione degli ambienti in cui si svolgono le vicende. Ritengo che sia una parte integrante se non fondamentale della struttura stessa del libro e, per tale ragione, cerco di renderla più aderente possibile a realtà. È un esercizio per me semplice e gradevole, poiché mi basta ripensare alle località che ho avuto la fortuna di vedere con i miei occhi per tradurre quelle immagini in parole da trasferire al lettore. L'ambizione è trascinare il lettore – e a volte me stesso – il più lontano possibile dalla quotidianità, facendolo viaggiare, riuscendo a divertirlo e a fargli conoscere qualcosa di nuovo, possibilmente, stupendolo».

Nota dell'autore

In questo romanzo i nomi associati alle professioni dei vari personaggi, nonché le situazioni in cui sono coinvolti, sono interamente frutto della mia fantasia. La storia narrata è invece ambientata in località realmente esistenti che ho descritto il più fedelmente possibile. È reale anche il nome della *tribute band* di Ligabue che intrattiene i clienti del bar dove Tagliaferri e Lochis si recano mentre Arianna cerca di incontrare Vincenzo Schiaffina: la Rubiera Blues, oltre che dal cantante Truss *alias* Antonio – mio vecchio amico e compagno di classe alle scuole medie – è composta da Marco (chitarra), Paolo (chitarra), Luca (basso) e Adriano (batteria).

L'ennesima indagine condotta dall'intrepido maresciallo Tagliaferri, coadiuvato dal colonnello Lochis e dalla figlia Arianna, prende ispirazione non tanto da fatti di cronaca che hanno reso celebri colpi formidabili compiuti nelle banche di tutto il mondo, bensì, molto più semplicemente, da una delle numerose ville bagnate dal lago di Como. Simona, una mia carissima amica nonché, anche lei, compagna di classe ai tempi delle scuole medie, mi ha mostrato eloquenti immagini, interne ed esterne di una prestigiosa dimora in cui presta servizio. Le sono riconoscente poiché, sia pur inconsapevolmente, ha innescato la mia fantasia per elaborare una narrazione che comincia proprio tra le mura di quella villa.

Devo tributare molta gratitudine ai miei genitori e alla professoressa Granata per aver apportato significative migliorie e correzioni al testo. Rivolgo infine un sincero ringraziamento a ogni lettore che mi hai concesso fiducia e parte del suo prezioso tempo per leggere le pagine di questo romanzo. Lo invito a esprimere liberamente il proprio giudizio, lasciando una recensione – per me preziosissima – sul sito www.amazon.it: in genere è possibile scriverla anche se il libro è stato acquistato attraverso altri canali.

Sommario

IL GATTO 1
IL FAVORE 11
LA SEGRETARIA 23
LE OCCHIATE 37
L'ANELLO 47
I CORNETTI 61
LE PRECAUZIONI 73
LE FIRME 85
L'IMPREVISTO 97
LA NOTIZIA 117
LA VELOCITÀ 133
IL DIFETTO 147
LA SODDISFAZIONE 161
LA CIMICE 171
IL DUBBIO 183
IL TIMORE 199
L'EMOZIONE 215
IL CASSONE 229
IL POLITICO 241
Biografia 255
Nota dell'autore 257

OPERE DI ALESSANDRO LO CURTO

2016 – LA CHIAVE DI VOLTA
2017 – L'INVITATO A SORPRESA
2017 – IL CARILLON DIFETTOSO
2018 – I RAMI DEI BAOBAB
2018 – DIETRO QUELLA PORTA
2019 – MIGRAZIONI
2019 – QUESTIONE DI GUSTI
2020 – FLASH ROSSO
2020 – UNA NUVOLA TINTA DI ROSA*
2020 – TENET
2021 – A CACCIA DI DANTE
2021 – PADEL MANIA **
2021 – NESSUNA CERTEZZA
2022 – UNITI DALLA MORTE
2022 – JACK MAI PIÙ – Saga di fantascienza **
2022 – LA BOTTE LADRA
2022 – VENUTI DAL CIELO
2023 – L'ISOLA CHE (non) C'È **
2023 – IL CORAGGIO DI KUBRA
2023 – CIELO INFUOCATO
2023 – VOCI DELLA GIUNGLA
2023 – ARRIVATO PER AMORE

* Pubblicata gratuitamente sul sito *www.storiedialghero.it*
** Pubblicata con pseudonimo

OPERE TRADOTTE

2017 – THE KEYSTONE
(Traduzione in inglese de "La chiave di volta")

2018 – THE COURAGE OF KUBRA
(Traduzione in inglese de "Il coraggio di Kubra")

2018 – KUBRA'NIN CESARETi
(Traduzione in turco de "Il coraggio di Kubra")

2018 – THE BRANCHES OF BAOBAB
(Traduzione in inglese de "I rami dei baobab")

2019 – ELMA'DAN PORTAKAL'A
(Traduzione in turco de "Dalla mela all'arancia")